はぐれ又兵衛例繰控【一】

駆込み女

坂岡真

双葉文庫

目次

駆込み女（かけこみおんな）

はぐれ又兵衛例繰控【一】

駆込み女

一

文政四（一八二一）年如月の終わり、亀戸や大森の梅も咲きそろったころから、性質の悪い風邪が流行りはじめた。流行り歌にちなんで「ダンボ」と名付けられた風邪は江戸市中を席捲し、裏長屋では年寄りたちがばたばた倒れ、小石川の養生所は貧乏人たちで足の踏み場もないほどに埋めつくされた。

第十一代将軍家斉の在位三十四年目のことである。

数寄屋橋御門内の南町奉行所では、与力や同心たちが布切れで鼻と口を覆い、たがいの間合いを遠く取りながら喋っていた。どう眺めても奇妙な光景だが、布切れを持たずに出仕してきた者はことごとく、みなから白い目でみられた。

例繰方与力の平手又兵衛だけは、白い目など気にするふうでもなく、どこにでもあるような面を晒している。

「はぐれゆえ、あやつには何を言うても暖簾に腕押しよ」

と、上役たちも匙を投げた。

はぐれとは仲間をつくらぬというほどの意味で、与えられた例繰方の役目はそつなくこなす。むしろ、何千にもおよぶ類例をすべて記憶しているので頼りにされているのだが、上役に追従する器用さもなければ、同輩や下役の同心たちと一献酌みかわす親しみやすさも持ちあわせておらず、周囲からは「くそおもしろうもない堅物」と目されていた。

齢三十八で独り身、肌の色が浅黒くてひょろ長いことを除けば、これといって特徴はない。たしかに、仏頂面が板に付いた「堅物」にしかみえぬものの、小者の甚太郎だけは敬意を込めて「鷭の旦那」と呼んだ。

鷭は夏の水面に浮かぶ鳥、驚いたおなごのように「きゃっ」と鳴き、身を覆う羽毛は黒くて頭だけが赤い。

「お怒りになると、月代が真っ赤に染まりなさるのさ」

と、甚太郎は三月前に偶さか修羅場を見掛けたことを自慢する。

何でも、油屋の娘を手込めにしようとした暴漢ども五、六人が、芝居町の露地裏(うら)で又兵衛らしき者からこっぴどく痛めつけられたらしい。夜目に遠目だったことも重なり、人違いであろうと、はなしをまともに信じる者はいなかった。「くそおもしろうもない堅物」が市中で人助けなどするはずもないし、五、六人相手に大立ちまわりを演じられるほど強くもなかろうと、誰もが口を揃(そろ)えたのだ。

甚太郎は地団駄(じだんだ)を踏んで口惜(くちお)しがった。悪漢どもから江戸を守る門番ゆえ、せっかく門番の「番」と「鶍」を掛けたのに、誰も聞く耳を持とうとしない。「鶍の旦那」と呼ぶのは今は自分ひとりだが、いずれは奉行所じゅうにわかってもらえるだろうと、甚太郎は大いに期待しているようなのである。

当の又兵衛は意に介さない。「鶍の旦那」と呼ばれようが呼ばれまいが、どうでもよかった。

かといって、心を動かされるものがまったくないわけではない。つきあいが悪いため、今のところは誰も知らぬだけだ。それに、みなから「はぐれ」と目されているほうが気楽だとわかっている。だいいち、面倒な縁談を持ちこまれずに済む。それひとつだけ取ってみても「はぐれ」でいることには、充分な利点があるとおもっていた。

「昨晩遅くに、駆込(かけこ)みがあってな」

布切れ越しにむにゃむにゃ喋っているのは、年番方与力の「山忠」こと山田忠左衛門であろうか。染め残した鬢の白さから推せば、まちがいあるまい。

「駆込みでござるか」

こちらも布切れ越しに空惚けてみせるのは、吟味方与力の「鬼左近」こと永倉左近であろう。四角い顔が大きすぎるので、布切れから鰓がはみだしている。

ふたりは玄関左脇の廊下で立ち話をしており、又兵衛が例繰方の御用部屋から顔だけ出して覗いても、知らぬふりをして顔を引っこめても、気にも掛けずにはなしをつづけていた。

「訴えたのはみすぼらしい身なりのおなごでな、名はあさと申す。名だけを漏らし、門前で力尽きてしもうたとか」

「ほう、死んだと」

「さよう。右手に文を握りしめておってな、文には『さぎんじにころされる』と拙い字で綴られておったらしい」

「それはまた、物騒な文面にござりますな。あさと申すおなごは傷を負っていたのでしょうか」

「刃物傷はなかった。その代わり、焼き鏝で焼いた痕は随所に見受けられたそうじゃ。酷い責め苦を受けたすえの衰弱死に相違ない。骨と皮ばかりで、ものろくに食べておらぬ様子であったという。おおかた、さぎんじなる者に囲われておったのであろう。哀れなものよ」

「さりとて、哀れなおなごは江戸にいくらでもおります。死んだおなごの訴えを取りあげてやるほど、奉行所は暇ではございませぬぞ」

「わかっておる。常であれば、おなごの訴えはなかったことにいたすが、そうもできぬ雲行きでな」

「何故にでござりますか」

「決まっておろう、御奉行じゃ。筒井伊賀守さまが運悪く駆込みのことを小耳に挟まれてな、今朝一番でわしを御用部屋へ呼びつけ、この一件どうにかせよとお命じになったのじゃ」

「ふふ、新任早々、はりきっておいでのご様子」

鬼左近は苦笑し、皮肉めいた口調でつづける。

「伊賀守さまは何せ、昌平黌きっての秀才と評されるほどのお方、しかも、長崎奉行の任にあったときでも賄賂をいっさい受けとらなんだと聞きました。清廉潔白ぶりは折紙付きという噂がまことなら、勝手を任されておられる山田さまもさぞかし気苦労が絶えぬことかと、ご同情申しあげまする」

山忠は布切れの内で、ふうっと溜息を漏らす。

「どうにか、恰好だけでもつけてもらえぬだろうか」

「致し方ござりますまい。山田さまに頭を下げられたら、嫌とは申せませぬ。ここはひとつ貸しということで、お引き受けいたしましょう。つぎの吟味方筆頭与力は、何卒それがしに」

「ふむ、考えておこう」

おおかた、鬼左近から廻り方の同心へ命が下され、鼻の利く岡っ引きや小者どもが町じゅうを走りまわることになるのだろう。

又兵衛は聞きながそうとしたが、哀れなおなごの名だけは記憶に留めてしまった。

「あ、さ……」

小机のうえに山と積まれているのは、吟味方によって公事の経緯や罪状が記された御調帳である。捕らわれた者の口書も添えてあり、これらを類例に照らし合わせ、適用される刑罰を導きださねばならない。

遠島になるのか、死罪になるのか、死罪より一等重い獄門になるのか、罪人の命運を握っていると言っても過言ではないと、意気込んではみても、たいていは吟味の段階で刑罰はほぼ定まっている。駄目押しで刑罰の確定をおこなったり、御沙汰の下書きを推敲してかたちを整えたり、老中への上申書にわかりやすく類例を添えたり、例繰方に課されているのは他からみれば地味な役目にほかならなかった。

それでも、三つ年上で先任与力の中村角馬はいつもはりきっている。

「よいか、われら例繰方はお裁きにおいて最後の砦とならねばならぬ。お裁きが滞りなく進むか否かは、例繰方の力量ひとつに掛かっておるゆえ、心してお役目に勤しむように」

毎朝、下役の同心たちに向かって性懲りも無く訓示を垂れ、眠気覚ましに冷めた茶を大量に呑むせいか、厠に立つ回数は多いし、冬でも鼻の頭に汗を掻いていた。

例繰方は奉行や内与力に呼びつけられる機会も多い。ことに、赴任したばかりの筒井伊賀守のようにきっちりした性格の町奉行は類例を事細かに吟味するので、第八代将軍吉宗のもとで編纂された公事方御定書百箇条と明和のころから約五十年にわたって作成されている御仕置例類集くらいは諳んじられるほどになっていなければならなかった。

もっとも、御定書百箇条と例類集は評定所で評議をおこなう町奉行、寺社奉行、勘定奉行の三奉行と京都所司代ならびに大坂城代にたいしてのみ在職中に交付され、それ以外の者は閲覧を禁じられている。本来ならば、例繰方の与力といえども閲覧さえできぬ代物であった。

とはいうものの、物事には本音と建前があり、南北町奉行所の例繰方詰所にはかならず、ぼろぼろになった写しが置かれている。新入りは何代にもわたって引き継がれてきた写しを頭に入れることからはじめねばならぬのだが、又兵衛はその作業を三日も掛からずに終えてしまった。

おそらく、類例の数は七千を優に超えていよう。それらを順不同で問われても、間髪を容れず、一言一句違わずに述べてみせられる。帳面に綴られた文字を記憶する力だけは生まれつき抜きんでており、中村もその点だけは一目置かざるを得ないようだった。

ただし、同心たちから気軽に「此の儀についての刑罰は」と問われても、又兵衛はいっさい耳を貸さない。底意地が悪いのか、はたまた、応じぬことが指南だとでもおもっているのか、黙りを決めこむので、次第に問う者もいなくなった。

御用部屋にあっても、又兵衛は「はぐれ」なのである。

みずからに課された仕事はすみやかにこなし、部屋の連中がどれだけ忙しかろうが、定刻になったらさっさと片付けをしはじめる。小机のうえにはいっさい物を残さず、文筥や帳面はみずからの定めたところへ、きっちり納めないと気が済まない。

「おさきに失礼つかまつる」

と、言い残して部屋を後にしたところで、舌打ちする者さえいなくなった。

今の季節、日没はあっという間にやってくる。

檜の香りが漂う玄関から雪駄を履いて式台を降りれば、長屋門までまっすぐ延びる六尺幅の青板には夕陽が斜めに射しこんでいた。

又兵衛は眩しげに眸子を細めて足早に歩き、左手の小門のほうへ向かった。

町奉行所の正門は暮れ六つ（午後六時頃）まで開いているのだが、与力といえども捕物出役の助っ人以外で正門を通り抜けてはならない。

狭い小門を潜って小砂利を踏みしめたところへ、小者がひとりすっ飛んできた。

「鸛の旦那」

通りを隔てた対面には、訴人の待合にも使う葦簀張りの茶屋が五軒ほど建っている。そのうちの一軒から飛びだした小者は、縞木綿に小倉の角帯を締めた甚太郎にほかならなかった。

「鵜の旦那、お疲れさまでござんす。じんじん端折りの甚太郎をお忘れですかい」
胡座を掻いた鼻の穴をおっぴろげ、亀のように首を伸ばしてくる。

いつもなら無視を決めこみ、門前で待つ中間ともども帰路をたどるところだが、甚太郎は腰に差した真鍮金具の木刀を撫でながら、胸を反りかえらせてみせた。

「旦那もお聞きおよびかと存じますけど、あさっていう駆込み女の素姓がわかりやしたぜ」

それがどうした、例繰方には関わりあるまいと、胸の裡に囁きつつも、又兵衛は横に歩きかけた足を止め、得意げな甚太郎が導くに任せて往来を横切ると、萌葱色の幟がはためく茶屋の奥へと消えていった。

二

甚太郎は給仕の娘に茶と名物の味噌蒟蒻を持ってこさせ、周囲を気にしながら喋りはじめた。

「必死の訴えを届けることもできずに、門前であえなく死んじまった。あさは哀れなおなごでござんす。鷂の旦那なら、放っておくはずはねえ。はなしを聞いてもらえるとおもっておりやしたぜ」

熱い眼差しを向けられても、又兵衛は黙然と茶を啜るだけだ。

ついでに味噌蒟蒻をひとつ頬張り、美味そうに咀嚼する。

甚太郎は小鼻をぷっと膨らませた。

「芝高輪の車町に隠売所がありやしてね、抱え主は剃刀の左銀次と申しやす。あさを囲っていたのはたぶん、そいつにちげえねえ」

髪結あがりの小悪党で、寺の住職どもに女郎を斡旋して稼いでいる。廻り同心の紐付きとなり、密訴を生業にしていた時期もあった。直には知らぬが、噂に聞いたことはあったので、甚太郎はぴんときたのだという。

「あさの握りしめていた文にゃ『さぎんじにころされる』と書いてあった。そいつを小耳に挟んじまったそばから、縄手をひとっ走りしてきたんでさあ。そうしたら、案の定、左銀次のもとから、あさっていう女郎がひとり逃げだしていた。年は二十五だそうです。場末の隠売所に置いとくにゃもったいねえほどの縹緻好しで、山吹っていう源氏名で呼ばれておりやした。車町の山吹といやあ、近所で知らねえ者もいねえほどだったとか」

「山吹か……」

又兵衛は遠い目をしながら、溜息とともに漏らす。

「ひょっとして、お知りあいで」

ふいに尋ねられても応じず、又兵衛は大儀そうに腰を持ちあげた。

床几の端に小銭を置こうとすると、甚太郎が慌てて引き留めにかかる。

「旦那、はなしはまだ終わってねえ。左銀次にゃ、おっかねえ後ろ盾がおりやす。品川宿の裏を仕切る太刀魚の茂平っていう元締めで。名前くれえは聞いたことがおありでやしょう」

「いいや、知らぬ」

「おっと、そうですかい。茂平を知らねえとは恐れいったな。さすが、世間知らずの例繰方……おっと、口が滑った。ともかく、一筋縄じゃいかねえ相手でやんす。でも、あっしはどうしても、左銀次みてえな下種野郎が許せねえ。熱いでしょう。どうしてここまで熱くなるのか、聞いていただけやせんかね」

涙目で懇願され、又兵衛は仕方なく腰を下ろす。

苦くなった茶の残りを呑み、味噌蒟蒻の味噌を指で掬って嘗めた。

　ぐすっと、甚太郎は洟水を啜る。

「同じ裏長屋に住む居職の娘が借金のカタに取られ、岡場所に売られちまったんです。岡場所から隠売所へ落とされ、十年ものあいだ、好きでもねえ男どもに身を売らされたあげく、娘は抱え主のやつに折檻されて死んじまった。偶さか、ほとけを目にする機会がありやしてね、調べてみたら腹にも背中にも焼き鏝を当てられた痕がありやがった。誰がやったのかは、わからず仕舞いになりやした。どうせ、左銀次みてえな鬼畜の仕業でやしょう。あっしは娘の肌に焼き鏝を当てるようなやつが許せねえ。どうしても、許せねえんでやすよ」

　又兵衛はうなずきもせず、すっと立ちあがった。

　甚太郎が袖に縋りついてくる。

「旦那、左銀次なんぞは鵜にすぎねえ。鵜飼いの茂平をどうにかしなくちゃならねえんだが、茂平のやつは十手を預かっておりやす。だから、小者にゃ手が出せねえ。廻り方の旦那に訴えたら、こっちがひでえ目に遭うだけなんです。くそっ、茂平に泣かされている娘は大勢いるってのに。あっしは、十手を笠に着た壁蝨みてえな連中が許せねえ。旦那だって、そうでしょう。江戸っ子なら、茂平や左銀次みてえな悪党どもをのさばらせておくはずはねえ」

「言いたいのは、それだけか」

「えっ」

「おぬしは勘違いしておる。江戸に住んでおる者がみな、江戸っ子気質というわけではあるまい」

「はあ。でも、旦那はどうするおつもりで」

「どうするとは」

「悪党どもを懲らしめてやらねえんですかい」

「懲らしめるのは、例繰方の役目ではないからな」

「だったらどうして、ここにお越しになったので」

怒りをふくんだ目で問われ、又兵衛は平然とこたえた。

「味噌蒟蒻を食いにきただけさ」

がっくり肩を落とす甚太郎を尻目に、急ぎ足で茶屋から逃れていく。

いつの間にか夕陽は落ちて、往来を吹きぬける夕風に裾を攫われた。

我慢強く待っていた中間をしたがえ、数寄屋橋を渡って尾張町から銀座へ向かう。

京橋を渡ってしまえば、拝領屋敷のある八丁堀は近い。

が、又兵衛は弾正橋を目前にして足を止めた。

中間に向かってさきに帰っておくように命じ、楓川沿いを松幡橋のほうへ進む。すると、常盤町の片隅に「鍼灸揉み療治　長元坊」と、金釘流の墨文字で書かれた看板がみえてきた。

もはや、辺りは薄暗く、川沿いの道を行き交う人影もない。

引き戸を開けて踏みこみ、あまりの酒臭さに顔をしかめる。

「誰だ」

板の間の奥から、胴間声が聞こえてきた。

こたえずに雪駄を脱ぎ、勝手知ったる者のように奥へ向かう。

縦も横もある禿頭の男が、有明行燈の脇で五合徳利をかたむけていた。

七輪に網を置き、鯣烏賊を炙っている。

煤けた天井の棟陰には、家猫の目が光っていた。

「長助、あいかわらず暇そうだな」

親しげにはなしかけると、男はだらしない顔を向けてくる。

「又か。おれを長助と呼ぶな。長元坊と呼べ」

長元坊は隼の異称、鼠や小鳥を捕食するが、鷹狩りには使えない。人の意のままにならぬ猛禽の異称を、元破戒僧の藪医者は気に入っているらしい。

「長助は長助だ。ほかに呼び名はなかろう」

「この面で長助じゃ笑われる。幼馴染みでも許さねえぞ、長元坊と呼べ」

「わかったよ、長元坊」

「へへ、それでいい。さあ、ここに座れ」

言われたとおりにすると、欠け茶碗に冷や酒を注いで寄こす。

又兵衛は欠け茶碗をかたむけ、渋い顔をつくった。

「不味い酒だな」

「銭さえあれば、上等な下り酒を呑んでおるわい。知ってのとおり、揉み療治に通ってくるのは貧乏長屋の年寄りばかりだ。そいつらから銭は取れねえだろう。稼ぎのいい口があれば、乗ってやってもいいぜ」

「太刀魚の茂平という元締めを知っているか」

「太刀魚の……ああ、品川宿の裏を仕切っている爺さまだろう。ものの本に『肝に毒あり、洗い去るべし』と書いてあるのが太刀魚だ。おれの知るかぎり、茂平ってのは掛け値無しの悪党だぜ」

「なるほど」

「って、おめえ、茂平をどうする気だ」

「別に、どうもせぬさ」

「なら、何しに来た。言っておくがな、おれは銭にならねえことはしたくねえ。たとい、幼馴染みの頼みでもな、できねえものはできねえぜ」

「早合点（はやがてん）するな。まだ、何も頼んでおらぬ」

「意地を張るな。おめえがここに来るときゃ、助っ人が欲しいときだろうが」

長元坊は「ふん」と鼻を鳴らし、欠け茶碗に酒を注ぐ。

「おめえは、むかしっからそうだ。弱音を吐いたら負けだとおもっていやがる。どうせ帰（け）えっても、通いの飯炊（めした）き婆さんしかいねえんだろう。じっくりはなしを聞いてやっから、今日はゆっくりしていけ」

又兵衛はうなずきもせず、ぼそっとこぼす。

「昨晩、あさという娘が駆込んできた。門前で力尽き、抱え主らしき相手の名が書かれた文を遺（のこ）して死んだ」

「抱え主ってのは誰なんだ」

「剃刀の左銀次、元髪結らしい」

「元髪結の筋から、太刀魚の茂平に繋がったってわけか。それにしても、腰の重い例繰方の与力さまがどうして首を突っこみたがる」

「あさには焼き鏝で折檻した痕がいくつもあった」

長元坊は禿頭を撫でまわし、ぴしゃっと小気味よく叩いた。

「女郎なら、そういうこともあるだろうよ。哀れなおなごなら、江戸にいくらでもいる」

「鬼左近も同じ台詞を吐いていたぞ」

「吟味方の糞与力といっしょにするな、けったくそわりい」

激昂する長元坊をみようともせず、又兵衛は尻を持ちあげた。

「おいおい、帰えるのか」

「ああ、馳走になったな」

「待てよ。葱鮪鍋でもつくってやっから」

「遠慮しておく」

「ったく、可愛げのねえやつだぜ。んで、もう一度聞くがな、どうして死んじまった女郎にこだわる。ひょっとして、知りあいなのか」

「知りあいではない。ただ」

「ただ、何だ」

「いや、たいしたはなしではない。ではな」

「おい、待て」

長元坊の太い腕を振りほどき、又兵衛は外へ飛びだした。

川端で夜風に吹かれていると、くうっと腹の虫が鳴きはじめる。

屋敷へ帰ったところで、冷や飯と菜が箱膳に並んでいるだけだ。長元坊の葱鮪鍋は絶品なので、ほんとうは相伴に与りたかった。が、やはり、唯一の友でもある幼馴染みを巻きこむことに躊躇いがあったのだろう。

むかしから腕っぷしだけは強かったが、闇雲に突っこんでいく危うさがある。それゆえ、よほどのことでもないかぎり、長元坊には助っ人を頼まないことに決めていた。

ただ、足が向いてしまったということは、少しばかり不安があったのかもしれない。ともあれ、明日は非番なので、高輪から品川のほうまで足を延ばしてみようと、又兵衛はおもった。

三

誰もいない夕餉（ゆうげ）の膳には、牡丹餅（ぼたもち）と五目寿司（ごもくずし）が並んでいた。

「彼岸（ひがん）も終わったに」

賄（まかな）い婆のおとよが作り置きしてくれた夕餉だ。

町奉行所の与力は南北合わせても五十人しかおらず、又兵衛の住まいは八丁堀のやや左寄りにある。二百石取りの一代抱えと定められてはいるものの、父から子へ役目を引き継ぐ者は多く、幕府も面倒臭いので黙認していた。いずれにしろ、ほとんどの与力は所帯持ちである。冠木門（かぶきもん）のついた二百坪ほどの拝領屋敷は、独り身の又兵衛にとっては広すぎ、寒々とした印象を拭（ぬぐ）えない。

どの家でも住みこみの奉公人をあたりまえのように抱えていたが、独りを好む又兵衛はおとよ以外の奉公人を拒（こば）み、修行僧のような暮らしをしている。

十年前、吟味方の花形与力だった父は、乱心した浪人に道端で斬られた。そのときの傷が原因（もと）で半月後に逝（ゆ）き、母もあとを追うように還（かえ）らぬ人となった。兄弟姉妹もいなかったし、早く所帯を持って両親を喜ばしてやりたかったが、ふたりが居なくなってみればそんな気力も何処（どこ）かへ失（う）せた。

ひとりでとる夕餉ほど侘(わび)しいものはない。

もちろん、だからといって、誰かを屋敷に入れる気もなかった。

嫁取りはする気にもならぬし、若党や挟み箱(はさばこ)持ちの中間が必要なときは口入屋(くちいれや)から通いの者を雇えばよい。

さっさと夕餉を済ませたら書見台に向かって医術や兵学の書を読み、気が向けば据(す)え風呂(ぶろ)を沸(わ)かして浸(つ)かる。たいていは風呂に浸からずに床へはいり、眠りが浅いときは庭に出て真剣を何百回と振りつづける。

長元坊しか知らぬことだが、又兵衛は香取神道流(かとりしんとうりゅう)を極めた剣客でもあった。座した姿勢から飛蝗(ばった)のごとく跳躍し、中空(ちゅうくう)で抜刀(ばっとう)しながら相手に斬りかかる。同流の秘技とも目される「抜きつけの剣」を完璧に修得しており、当然のごとく免状(めんじょう)も与えられていた。

よほどのことでもないかぎり、人は斬らぬ。真剣を差して町を歩くのは稀(まれ)で、腰帯には常のように刃引(はび)きのなされた刀を差している。人の寝静まった真夜中にだけ、父から譲り受けた美濃伝(みのでん)の「和泉守兼定(いずみのかみかねさだ)」を振りこむのだ。

――びゅん、びゅん。

掛け声は控えねばならぬので、ふっ、ふっと息の音しか聞こえてこない。

その代わり、風を切る刃音は凄まじい。

二尺八寸の長尺刀ゆえ、抜刀の際は鯉口を左手で握って引き絞る。この「鞘引き」に長じていなければ、抜いては斬り、斬っては納め、退くとみせかけては前進し、左右に躱しつつ上に跳び、闇のなかで変幻自在の動きを繰りかえす。

微かな月光に照らされた互の目乱の美しい刃文だけが、又兵衛の荒ぶる気持ちを鎮める役目を担っていた。

――抜かずに勝つ。これぞ剣の奥義なり。

そう教えてくれた父は、刀を抜かなかったせいで乱心者の餌食になった。

無論、父の教えは正しいと信じつつも、又兵衛はいつも割り切れないおもいを抱えている。

へたばるまで「兼定」を振りこみ、ようやく床に就いた。

味噌汁の匂いに目を覚ますと、廊下の奥からおとよ婆の声が聞こえてくる。

「旦那さま、おはようさんで。ご飯をおつけしておきましょうかね」

「ん、頼む」

おとよの古漬けは、舌が痺れるほど美味い。

居間に仕度された箱膳には、納豆や目刺しも並んでいた。

文机の帳面や文筥と同様、茶碗や皿の置き方には又兵衛なりの決め事があり、わずかでも位置がずれていると、かならず修正してから食べはじめる。自分でも意識はしておらぬのだが、他人からみれば「鬱陶しいほど細かい」のだそうだ。だから当然のごとく、四角い部屋を箒で丸く掃くような行為は我慢ならない。だからといって、きれい好きというのとも少し異なり、あるべき場所にあるべきものがないと落ちつかなくなる。生まれつきの癖ゆえ、これればかりは如何ともし難い。

ともかく、ご飯も味噌汁も温かいので、夕餉のような侘しさはなかった。

貪るように飯を平らげ、茶の出涸らしで椀を濯いでから箱膳の内にきちんと仕舞う。

「ご馳走さまにござりました」

大きな声を発しても、おとよはもう買い物に出掛けたあとだった。

又兵衛はやおら尻を持ちあげ、水玉の手拭いを肩に引っかける。

町奉行所の与力には、下々の者から羨ましがられる役得がふたつあった。ひとつ目は日髪日剃、廻り髪結が毎朝定刻にあらわれ、髪を結ったり月代を剃ってくれる。日髪日剃を断ることはあっても、ふたつ目の役得である湯屋の一番風呂だけは外すことができない。

ほかの与力や同心と鉢合わせになりたくないので、又兵衛はわざわざ亀島橋を渡って霊岸島まで足を延ばす。

馴染みにしているのは、橋本稲荷の裏にある『鶴之湯』であった。亀島川の亀と屋号の鶴で長寿のご利益があると評判になり、いつも年寄りたちで賑わっている。一番風呂ならば、そうした年寄りたちと挨拶を交わす面倒もいらない。熱めの湯船に首まで浸かり、煩悩の数を諳んじながら一日のはじまりを迎えるのである。

何の気なく過ごしてはいるものの、よくよく考えてみれば、贅沢な暮らしなのであろう。独り寝が淋しいとこぼすのは贅沢にすぎず、その気になれば侘しい暮らしのなかにも楽しみはいくらでもみつけられた。

「芹萌えて、弾む足取り湯屋帰り」

などと、へぼ句を捻ったりもする。

あるいは、蕎麦が美味いと評判の見世には足を延ばさずにいられない。蕎麦にかぎらず、今時分の季節なら、鮟鱇でも軍鶏でも獣肉でも、美味いとなればかならず食べにいく。近頃は料理を盛りつける器なんぞにも興味を持ちだし、暇があれば骨董屋や質屋を素見してまわった。

外廻りのときは着流しでもよいが、八丁堀の役人とすぐにわかる髪形までは変えられない。又兵衛もほかの連中と同じに、額は広くして生え際をみせぬように小鬢まで剃りあげているし、短くした髷は毛先を散らさずに広げ、髱はひっつめずに出していた。

たとい、素姓がばれたとしても、素見しを止める気はない。物を買わずに素見してまわることこそが、又兵衛の秘かな楽しみなのだ。

湯屋から戻ってくると、冠木門のまえに臼のような巨漢が立っていた。

「ふん、湯屋帰りか。朝っぱらから、こざっぱりしやがって」

憎まれ口を叩くのは、長元坊にほかならない。

又兵衛は嬉しさを隠しきれず、声を弾ませた。

「来てくれたのか」

「暇だからな。それに、おめえは不器用なやつだから、おれがいっしょのほうが好都合だろう。行き先は高輪だったな。ほら、早く着替えてきやがれってんだ」

彼岸を過ぎれば、底冷えのするような寒さも次第に和らいでくる。

八丁堀を南北に突っ切る大路の西には、松平越中守の上屋敷がでんと構えていた。

こちらは伊勢国桑名藩を治める殿様だが、陸奥国白河藩を領した松平越中守定信のほうは今から三十四年前、周囲の期待を一身に背負って幕閣の中心に躍りでるや、賄賂にまみれた田沼意次派を一掃し、六年間にわたって寛政の改革を推進した。

そののち、定信の意志を継いだ松平伊豆守信明は二十一年の長きにわたって政事の舵取りを担ったが、信明亡きあとの老中首座に抜擢されたのは、公方家斉の側近として頭角をあらわした水野出羽守忠成であった。

誰もが節約や自粛を推奨する暮らしに飽き飽きしており、範となるべき公方が率先して浪費に走った。財源とされたのは、元文小判から品位を格段に落とした文政小判である。幕府は小判の改鋳によって莫大な差益を得、世の中には湯水のごとく金が注ぎこまれることとなった。

米価や諸色の値上がりを尻目に、水野忠成は家斉の放埓ぶりを容認し、賄賂と依怙贔屓の横行する悪夢のような失政をおこなっている。これを表立って諫める取りまきもおらず、市井では「水野出て、元の田沼となりにけり」と皮肉る川柳も詠まれていた。

もちろん、驕り高ぶる者たちの行く末が透けてみえたとしても、天下の政事は身分の高いお歴々が司ること、一介の不浄役人には関わりようのないはなしだ。

ふたりは海鼠塀に沿ってのんびり歩き、楓川に架かる弾正橋と京橋川に架かる白魚橋を渡った。楓川は京橋川へと合流し、真福寺川を越えたさきは三十間堀と名を変える。堀川は大きく鉤の手に曲がり、そこからさきは芝口の汐留橋にいたる八町（約九百メートル）さきまでまっすぐに延びていた。

三十間とは川幅のことだが、十間（約十八メートル）ほど狭くする川普請がちょうどおこなわれている最中で、畚や鍬を担いだ人足たちが忙しなく行き来している。

「河岸を広げるんだとよ。対岸の木挽町にゃ、大名屋敷がずらりと並んでいる。べらぼうな普請金の九割方は武家の負担で、恩恵に与る町人の負担は一割だってはなしだ。そんでも、大名家からは文句ひとつ出てこねえ。裏のからくりはよくわからねえが、川普請ってなやり方次第でいくらでも甘い汁が吸えるらしい」

蛇籠に詰める石を積んだ荷船には幟が立てられ、普請を請けおった各藩の家紋が風に揺れている。なかでもめだつのは唐団扇、豊前国中津藩を治める奥平家十万石の家紋であった。拝領屋敷は汐留橋の手前にあり、木挽町側に上屋敷を構える藩のなかではもっとも石高が大きい。石高にともなって分担金も増えるので、世の中に少しでも藩の威勢をしめしたいのだろう。

「さきは長え。猪牙でも使うか」

長元坊に誘われ、紀伊国橋のたもとへ降りていく。

猪牙舟の船頭が煙管を燻らし、人待ち顔でうなずいてみせた。

荷船に紛れるように三十間堀を進み、浜御殿の北西を流れる汐留川へ向かう。

堀川から湾へ飛びだすと、猪牙は波に乗っていっそう速力を増していった。

汗ばむほどの晴天ゆえか、袖をはためかせるほどの向かい風も気持ちよい。

芝浜の岸辺近くを滑るように進み、高輪大木戸のさきで猪牙は舳先を桟橋へかたむけた。

なるほど、舟を使えば早い。

又兵衛と長元坊は陸にあがり、さっそく高輪の車町へ踏みこんでいった。

街道沿いに抹香臭い仏具屋がめだつのは、周辺に寺が集まっているからだろう。脇道から少し坂をのぼれば、赤穂浪士の墓所として知られる泉岳寺などもあった。

「左銀次の上客は、寺の住職どもだったな。たしかに、これだけ寺があれば、獲物にゃ事欠かねえ。ふん、罰当(ばちあ)たりな連中だぜ。住職の女犯(にょぼん)は晒し首なんだろう」

長元坊に顔を寄せられ、又兵衛は首を左右に振る。

「いいや、寺持僧の女犯は遠島と定められている。博打(ばくち)を開帳(かいちょう)した者や、あやまって人を殺(あや)めた者と同じだ」

「おいおい、ちと甘すぎやしねえか」

御定書百箇条が編(あ)まれたのは、第八代将軍吉宗の治世下である。鋸挽(のこぎりび)きなどの極刑もあたりまえのようにおこなわれていた幕初にくらべれば、刑罰はずいぶん甘くなった。甘くなったことを悟られれば凶悪な罪も増えることが予想されるため、御定書はおおやけにできないのだ。

「せめて、いっち遠い八丈島(はちじょうじま)に流されてほしいもんだぜ」

そんな会話を交わしながら、淫靡(いんび)な雰囲気の漂う露地裏までやってくる。

「へへ、この辺りだな」

長元坊は鼻を利かせ、真っ黒な溝(どぶ)沿いの道を奥へ奥へと進んでいった。

四

白塗りの女郎が道端にしゃがみ、尻を出して威勢よく小便を弾いている。

近づいた長元坊にぎくっとしつつも、立ちあがって下から睨みつけてきた。

「あんた、覗き代をいただくよ」

小便で濡れた手を差しだすので、長元坊は溜息を吐く。

「姐さん、山吹を知らねえか」

「ふん、知るかってんだ」

よくみれば、薹が立った女郎だ。暗がりに控えた又兵衛をみつけ、算盤を弾くまねをする。

「二朱でどうだい。ふたりでもかまわないよ」

長元坊は渋い顔をつくった。

「べらぼうだぜ。瘡っ気のある女郎を抱くなら、鼻を失う覚悟がいる。鼻代をさっ引けば、一銭も残らねえってはなしさ」

「遊ぶ気はあんのかい」

「ねえよ。山吹のことを教えてくれたら、こいつをやってもいいぜ」

長元坊は口を開け、長い舌をぺろっと出した。

途端に、女郎は眸子を輝かせる。

舌のうえには、一分金(いちぶきん)が載っていた。

「ねえ、海坊主の旦那、あさのことが知りたいのかい」

「海坊主とは恐れいったな。おれさまはな、長元坊というんだぜ」

「長元坊、ふん、おかしな名だね」

「まあいい。あさってのは、山吹のことだな」

「そうさ。素直で健気(けなげ)な、いい娘だったよ」

隠売所へ流れてきたのは、八年ほどまえだったという。それより二年前に品川宿の岡場所へ売られてきたが、病(やまい)がちのせいで金離れのよい常連がつかなかったらしい。

「こんな吹きだまりに落ちて、よくぞ八年も耐えたものさ。とどのつまりは、こっぴどく折檻され、足抜けしちまったけどね」

「どうして折檻されたんだ」

「それこそ、瘡に罹(かか)って鼻を無くしちまったのさ。秘め事の最中に糝粉細工(しんこざいく)の付け鼻が取れて、びっくりした客が玉代(ぎょくだい)も払わずに逃げたんだよ」

「たったそれだけで、焼き鏝を押しつけられたのか」

女郎は目を逸らし、独り言のようにつぶやいた。

「何もなくたって、焼き鏝は押しつけられる。ほかの悪党に取られないためさ」

「何だと」

「家畜と同じなんだよ。焼き鏝には『車』って字が彫ってある。この女郎だっていう証しなのさ」

「抱え主は、剃刀の左銀次か」

「そうだよ」

「何処にいる」

「あそこさ」

女郎が顎をしゃくったさきは、細かく区割りのされた長屋の角部屋だ。

「ふうん、あそこか」

長元坊は眸子を細めた。

女郎が慌てて、袖を摑もうとする。

「あんた、悪いことは言わない、やめときな」

「そいつは、おれが決めることだ」

長元坊は一分金を指で弾き、大股で歩きだす。

この際、正面からぶつかってみてもよかろう。

又兵衛は胸の裡でつぶやき、磐のような長元坊の背中にしたがった。

区割りされた女郎の部屋は間口半間に奥行二帖と狭く、蚤の住む蒲団と小さな行燈しかない。抱え主の部屋はそれよりも広いが、三和土も入れて四帖半の板の間にすぎず、南京虫の好みそうな饐えた臭いを漂わせていた。

「ちょいと邪魔するぜ」

長元坊は気軽な調子で戸を開け、三和土に一歩踏みこむ。

部屋にはふたりおり、ひとりは月代の伸びた悪相の浪人だった。用心棒に雇われた野良犬であろう。火鉢を挟んで酒を呑む猪首の四十男が、剃刀の異名を持つ左銀次にちがいない。

なるほど、三白眼に睨めつける目つきが尋常ではなかった。

「誰でえ、おめえは」

「ご挨拶だな。客ならどうする」

「買った女郎に何かあったのか」

「秘め事の最中に糝粉細工の鼻が取れちまったと言ったら、玉代に迷惑料をつけて払ってくれんのか」

「払わねえよ」

左銀次が目配せすると、用心棒がすっと立ちあがった。

「おっと、そうくるか」

長元坊は身構え、だっと三和土を蹴りつける。

「うおっ」

ふいを衝かれた用心棒は刀を抜くこともできず、巨漢の突進をまともに受けた。

──どすん。

部屋が大揺れに揺れ、白壁に背中を叩きつけられた用心棒は白目を剝いた。

振りかえった長元坊は手を伸ばし、仰け反った左銀次の喉首を鷲摑みにする。

「ぬぐっ……ぐ、苦しい」

「苦しいだろうさ。でもな、山吹の苦しみにくらべたら、屁みてえなもんだ」

手を放してやると、左銀次はげほげほ咳きこんだ。

そこへ、又兵衛がぬっと顔を出す。

「げっ、もうひとりいやがった……て、てめえら、何者だ」

「何者でもいい。問いにだけこたえろ」

又兵衛は雪駄のまま板の間にあがり、火鉢の脇に屈んで声を落とす。

落ち着き払って静かなだけに、かえって凄味があった。

「あさに山吹という源氏名を付けたのは、おぬしか」

「いいや、おれじゃねえ。品川の岡場所にいたころからの源氏名だ。名付け親は、太刀魚の元締めさ」

「茂平か」

「ああ、そうだよ。茂平の元締めが言ってた。十年前、あさが十五で連れてこられたとき、商家の娘が着るような山吹模様の振袖を着ていたってな」

何故か、又兵衛は黙りこむ。

ごくっと、長元坊は唾を呑みこんだ。

左銀次は襟を直し、ひらきなおってみせる。

「あさがどうしたってんだ。あいつは駆込みをやって、死んじまったんだぜ」

「ほう、よく知ってんな」

長元坊が睨むと、左銀次は首を引っこめた。

「蛇の道はへびってことさ。あんたら、死んだ女郎のことなぞ調べて、どうする気だ」

「どうもせぬさ」

又兵衛は声を一段と落とす。

「もうひとつだけ聞いておこう。十年前、茂平のもとへあさを連れてきたのは誰だ」

「女衒の親爺さ。もう、死んじまったがな。でも、親爺は言ってたぜ。あさはとんでもねえ悪党どもに拐かされた娘だってな」

「とんでもねえ悪党とは」

「鯔の伝五郎さ」

押しこみに殺しに拐かし、一時は関八州に名を轟かせた悪党一味の頭目だが、近頃はとんと名を聞かなくなった。

「知ってのとおり、鯔は出世魚だ。ひょっとしたら、ぼらかとどにでもなっちまったかもな。へへ、太刀魚の元締めなら、何か知っていなさるかもしれねえ。何しろ、悪党のことで知らねえことはねえからな」

もはや、この男に聞くことはない。

又兵衛はすっと立ちあがり、代わって長元坊が身を寄せる。

「おもしれえもんをみつけたぜ」

握っているのは、先端に鏝のついた細長い鉄の棒だ。

長元坊は鏝を火鉢に突っこみ、にやりと笑ってみせる。

「げっ、何しやがる」

狼狽えた左銀次の裾を踏み、長元坊はどんと腹に蹴りを入れた。

小悪党が蹲るあいだも鏝を焼きつづけ、頃合いをみはからって火鉢から取りだす。

鏝は真っ赤になり、じじと音を起てた。

「……た、たのむ、勘弁してくれ」

「いいや、勘弁ならねえ」

言ったそばから、長元坊は焼き鏝を持ちあげる。

左銀次を仰向けにさせ、額にぐいっと押し当てた。

「ぎゃああ」

断末魔のごとき悲鳴が露地裏じゅうに響きわたる。

気を失った小悪党の額は爛れ、左右の目玉が半分出かかっていた。

又兵衛が部屋から抜けだすと、長元坊も焼き鏝を提げたまま従いてくる。

「又よ、おもいだしたぜ。あさってのは、十年前に拐かされた指物師（さしものし）の娘だったな。たしか、下女奉公していた商人の一人娘とまちがえられ、御殿山（ごてんやま）の門前で花見帰りに拐かされた」

商人は身代金を要求されたが、奉公人を救うための金は払えぬと突っぱねた。それ以来、あさは行（ゆ）く方（かた）知れずとなり、町奉行所は下手人（げしゅにん）に繋がる端緒（たんしょ）を得ることもできなかった。人違いで拐かされた娘のはなしは次第に忘れられていき、半年も経（た）たぬうちに人々の口の端（は）にものぼらなくなった。

「何でか知らねえが、おめえはあんとき、必死になって娘の行方を追っていた。十年経った今なら、理由をはなしてくれてもいいんじゃねえのか」

父につづいて母も逝き、天涯孤独になったころの出来事だ。春雨（はるさめ）の降るなか、増上寺（ぞうじょうじ）の近くを当（あ）て所（ど）も無く彷徨（うろつ）いていると、十五、六の娘が露地裏で濡れた子犬を抱きあげて暖めようとしていた。

「そいつが、あさだったのか」

「ああ」

なぜ、声を掛けてくれたのかはわからない。娘の直感で、放っておけば死んでしまうとでもおもったのか。ひょっとしたら、拾った子犬に向けるのと同じ憐（あわれ）みを抱いたのかもしれない。

あさは奉公先で頼りにされるのが嬉しいと言い、気に入っている自分の名は居職の父親が付けてくれたのだと、自慢げに教えてくれた。

――どんなに辛くても、明けねえ夜はねえ。誰にでも朝はやってくる。だから、愛娘にあさと付けたんだって、おとうが教えてくれたんだよ。

行きずりの娘に言われた台詞が胸に沁みた。自暴自棄になりかけていた心が洗われたようにおもった。だから、数日後に拐かされた娘の名を聞いたとき、又兵衛は居ても立ってもいられなくなった。

「それだけのはなしだ」

「なるほど、ようくわかったぜ」

あさは傷ついたからだを引きずり、高輪から数寄屋橋御門内の南町奉行所までやってきた。

最後の力を振り絞り、もっと生きたいと訴えたかったにちがいない。

又兵衛は駆込みのはなしを聞き、宿命のようなものを感じたのである。

十年経ってようやく、雨の日の借りを返す機会が訪れた。

十五の娘に言われた台詞に助けられ、どんなに辛くても明けぬ夜はないと、あれから何度胸に繰りかえしてきたことか。

又兵衛は来し方を振りかえり、過酷な宿命を呪ったのである。

どうして、ふつうに暮らしていたあさが掃き溜めに堕とされ、挙げ句の果てに死なねばならなかったのか。

拐かされた経緯をきっちりと調べあげ、供養してやらねばなるまい。

又兵衛の強いおもいを、長元坊も汲みとっていた。

「さてと、つぎは太刀魚だな」

焼き鰻を溝に抛り、海坊主は袖を颯爽と靡かせる。

品川宿を牛耳る十手持ちが相手となれば、すんなり片付くはずはなかろう。

ふたりは昼なお暗い露地裏から抜けだし、松林のざわめく東海道へ戻っていった。

五

——ごおん。

高輪寿昌寺の時の鐘が、正午の捨て鐘を響かせている。

左銀次の額に「車」と彫られた焼き鰻を押したあと、ふたりは賑やかな宿場町までやってきた。

日本橋からちょうど二里、品川宿は東海道の玄関口でもあり、人の往来は品川、板橋、千住、内藤新宿からなる四宿のなかでも飛びぬけて多い。小高い八ツ山を過ぎてしばらく進むと、右手に御殿山の杜がみえてくる。左手には洲崎の弁天社もみえ、洲崎の向こうには真っ青な海が何処までもひろがっていた。青海原に白い帆船が浮かぶ光景は、いつまで眺めていても飽きない。

南北に長々と延びる宿場は目黒川で北と南に分かれ、目黒川に架かる中ノ橋を渡ったさきは紅葉の名所でもある鮫洲の海晏寺までつづく。

「腹あ減ったな」

中ノ橋へたどりつく手前で、長元坊は弱音を吐いた。

又兵衛はきょろきょろ周囲を見渡し、目を輝かせる。

「あった、勇魚屋」

洲崎の漁師町にも近い沿岸の一角に、黒い鯨の絵が描かれた屋根看板がみえた。

「うおっ、鯨か。行かにゃなるめえ」

ずりっと涎を啜りあげ、長元坊は肩を怒らせる。

さっそく暖簾を振りわけると、見世は雑多な風体の連中で混みあっていた。

どうにか床几に空きをみつけ、胡麻塩頭の親爺に料理を片っ端から注文する。

「まずは酒だな、喉が渇いちまった」

燗酒とともに、大皿で赤や白の肉が出されてきた。

さっそく白い肉を箸で掬い、煎り酒につけて口に入れる。

「ふむ、なかなかの味だ」

さえずりと呼ぶ舌の部分であろう。

脂が乗った肉の味は、魚というよりも獣の肉に近い。

白と赤の対比も美しいのは畝須、下顎から臍の手前までの肉だ。霜降りの肉は鰭から尾にかけての尾の身であろう。鯨は肉だけでなく、皮も骨も食べられる。塩漬けにしたり、煮汁にしたりするのだ。

「うへっ、こりこりの歯ごたえがたまらねえ」

長元坊は精力のつく雄の「たけり」を食べ、豪快に笑いながら酒を呑む。

締めには「さえずり」の出汁で大根や蒟蒻などを煮た鍋を食い、膨れた腹を抱えて見世をあとにした。

「品川と言えば、勇魚屋だぜ」

長元坊もすっかり気に入ったようだ。

「さてと、腹もできたし、そろりと行くか」

中ノ橋を渡ってすぐ左手に、馬を繋いでおく問屋場がある。

どうやら、太刀魚の茂平は問屋場を根城にしているらしい。

厄介なのは、廻り方の同心も立ち寄るさきということだ。

茂平自身が十手を預かり、宿場の顔と目されている。

「下手に突っつけば、こっちの身が危うくなる。今日のところは、顔だけ拝んでおさらばするか」

長元坊が吐きすてたところへ、破落戸にしかみえぬ連中が行く手のほうからぞろぞろあらわれた。

後ろ手に縛った男を小突きまわし、問屋場のまえへ連れてくる。

「茂平の元締め、こいつの裁きをお願えしやす」

破落戸の呼びかけに応じ、奥から白髪の痩せた男が顔を出した。

太刀魚の茂平だ。

おそらく、還暦は超えていよう。一見すると年寄りにしかみえぬが、ぎらついた蜥蜴目で睨まれれば、たいていの者は萎縮するにちがいない。

「何だ何だ」

野次馬が集まってきた。

茂平の手下とおぼしき破落戸が声を張りあげる。

「この野郎、宿場外れで野田賭博を開帳しておりやしてね、しかも、いかさま博打ときやがった。その場で斬っちまってもよかったが、いちおう元締めのお許しを得ておこうかと」

茂平の顔を立てるべく、わざわざ余所者の博打打ちを連れてきたということらしい。

南北町奉行所で正当に裁けば博打の開帳は「遠島」だが、老中にいちいち伺いを立てるのも厄介なので、軽い盗みの扱いと同じに「敲き」で済ませることのほうが多い。どっちにしろ、町奉行所へ連れてくるまえに、地の者たちで勝手に裁いてしまう例が後を絶たなかった。

もちろん、茂平なんぞに誰かを裁く権限は与えられていない。

又兵衛が町奉行所の与力だと名乗ってみせれば、茂平や手下どもは神妙にしたがうしかなかろう。だが、余計なことをして博打打ちを預けられても迷惑なだけのはなし、ここは黙って様子をみているしかなさそうだ。

「元締め、どうしたもんでしょうか」

破落戸に問われ、茂平は首の骨をこきっと鳴らす。

「利き腕の一本でも落としてやれ」

「へい、合点で」

哀れな博打打ちは問屋場の裏へ連れていかれ、入れ替わるように黒羽織の小銀杏髷があらわれた。

見知った顔の定町廻りだ。

名はたしか姫川数弥、廻り方同心のなかでも「袖の下の取り立てがえげつない」と陰口を叩かれている同心にほかならない。

姫川は、くぐもった声で吐きすてる。

「茂平よ、あの博打打ち、おれに寄こせ」

「よろしいですよ。へへ、手柄の足しにでもすりゃあいい」

茂平は手下に目配せし、裏へ行かせた。

短い会話だが、ふたりの関わりがよくわかる。

「持ちつ持たれつってわけか」

長元坊が苦々しげに囁いた。

野次馬が散るのに合わせ、又兵衛たちも問屋場から離れていく。

やはり、今日のところは様子見だけに留めたほうがよさそうだ。

ふたりは街道を取って返し、高輪の車町まで戻ってきた。

桟橋から猪牙には乗らず、芝田町の元札辻まで足を延ばす。

辻から左手の道をのぼれば、四国の大名屋敷が集まる四国町へと通じる辺りだ。街道沿いの道に面して、間口が二十間（約三十六メートル）余りもある二階建ての商家が建っていた。

又兵衛は屋根看板を見上げ、眸子を細める。

「あいかわらず、羽振りがよさそうだな」

「知ってんのか」

「ああ。豊前屋惣右衛門、大名貸しで身代を肥らせた口入屋だ」

「そいつがどうした」

「十年前、一人娘の付き添い役だった下女奉公の娘が拐かされた。惣右衛門は悪党に金を要求され、鐚一文も払う気はないと言いきった」

「ほほう、あさが奉公していたさきってわけか」

「十年前は、間口も今の半分に満たなかった。それでも、あさを救ってやれるだけの金はあったはずだ」

絹という一人娘は稽古事に通うとき、あさをいつも付き添いに連れていった。

ただ、その日だけは遊び半分で着物を交換していたという。

「絹は自分の身代わりになったあさのことを案じ、助けてほしいと父親に泣きながら懇願した。ところが、惣右衛門は首を縦に振らなかった」

「豊前屋にとってみれば、不幸中の幸いだったというはなしか」

「世間からは不評を買ったが、拐かしからほどなくして、豊前屋は中津藩奥平家十万石の御用達になった。その伝手で西国や四国の大名家と懇ろになり、大名貸しで財を築いていった」

江戸府内に所有する地所は三十カ所、金蔵には十万両もの小判を貯めているとの噂もある。

「近々、御勘定所の御用達にも抜擢されるはこびらしい」

「勘定奉行の紐付きになれば、町奉行でも手出しはできなくなるって寸法か」

長元坊は豊前屋に悪事の臭いを嗅ぎとったが、敢えて深入りする気もないようだ。

と、そこへ、店の脇道から手代らしき男が鉄砲玉のように飛びだしてきた。

しかも、若い男の後ろから、派手な花柄の振袖を着た女が追いかけてくる。

「待て、留吉、待てと言ったらわからないのかい」

表を箒で掃いていた小僧が呆気に取られている。

長元坊も口をぽかんと開け、ふたりの行方を目で追いかけた。

「何だありゃ」

「惣右衛門の一人娘さ」

「絹か」

七年ほどまえに婿を貰って落ちついたとおもったら、手代と駆け落ちして婿に逃げられた。若くて見栄えのする手代には片っ端から手を出すので、婿養子のはなしも浮かんでは消え、父親の惣右衛門としては我が儘な娘だけが悩みの種らしい。

「ああなっちまったのには、深え理由があるのかもしれねえぜ」

長元坊の言うとおりだとおもう。おそらく、十年前の出来事が尾を引いているのだろう。自分の身代わりになったあさへの申し訳なさが、澱となって心の底に沈んでいるにちがいない。

「あさといっしょで、幼え時分に母親を病で亡くしている。若くて派手な後妻には懐かず、家には頼る者もいねえようだ。どっちにしろ、一人娘がああなっちまったのは、情けの欠片もねえ父親のせいだな」

「ああ」

ふたりは店に背を向け、とぼとぼ歩きだす。

いつの間にか、西の空は血の色に染まっていた。

「今夜は寄っていけ。おれの相手をしろ」

ぶっきらぼうに命じられ、又兵衛はうなずく。

葱鮪鍋でも突っつきながら、深酒をしたい気分だった。

六

酒は呑んでも呑まれるなと心に決めてはいたが、昨晩は前後不覚になるまで呑みつづけ、八丁堀の屋敷にどうやって戻ったのかもおぼえていない。

だが、鶴之湯の朝風呂だけは浸かりにいった。

順番は逆さになったが、湯屋から屋敷に戻って真剣を振り、すっきりしたところで朝餉の膳に向かい、ちょうど髪結が顔を出したので、月代と髭をきれいに剃ってもらった。

朝の光を浴びながら奉行所へ着くと、門前の茶屋から甚太郎が呼びかけてきた。

「鶍の旦那、おはようさんでござんす」

「おはよう」

機嫌よく応じてやると、はじめてのことゆえか、甚太郎は床几のうえからひっくり返ってしまった。

一方、例繰方の御用部屋では中村角馬が一風変わった訓示を垂れた。

「先例にとらわれるべからずと、御奉行は仰せになった。あれほど類例をお気になされるお方が、何故にかようなご発言をなされたのか。お察し申しあげるに、こたえはひとつ、凶悪な輩には今よりも厳しい刑罰を与えるべきとのお考えなのであろう。されば、われらも心して、幕初からの類例にも目を通さねばならぬ」

慶長から宝暦にいたる約百五十年ぶんの類例をまとめたものはない。少なくとも例繰方に写しはないはずだが、中村は何処からか類例らしき内容の綴られた冊子の束を持ちこんできていた。

いずれも貴重なもので、又兵衛だけは出所を言い当てることができた。千代田城の紅葉山にある書庫から運んできたものにちがいない。町奉行の筒井自身が持ちこんできたと知って大いに驚き、探求熱心な筒井の態度に敬服せざるを得なくなった。

又兵衛は役目を終えて部屋から離れたあと、まっすぐ正門へは向かわず、西にある裏門のほうへ歩いていった。

分厚い扉を開けて踏みこんだのは、内勤の役人も滅多に立ち寄らぬ土蔵のひとつだ。

灯り(あか)を点(つ)けると、黴臭(かびくさ)い蔵のなかに書棚がいくつも並んでいる。

書庫であった。

それこそ、幕初のころからの裁許帳(さいきょちょう)や日誌が、書棚にぎっしり詰まっている。あまりに膨大(ぼうだい)すぎて、頭がくらくらしてしまいそうだが、年代や内容ごとに整理されているので、おもったほど調べに手間取ることはなかった。

もっとも、それは調べに馴(な)れている者のはなしである。

又兵衛は何度となく書庫を塒(ねぐら)にしてきたので、どの棚の何を調べればよいのか熟知していた。

頭にあるのは、十年前にあさを拐かした「鯔の伝五郎」の名だ。

左銀次の発した「出世魚」という台詞が妙に引っかかっていた。

伝五郎は捕まったことがないので、書棚には見掛けの特徴を記したものはまったくない。だが、以前、あさが拐かされた際の情況を調べていたとき、何となく記憶の隅に留めておいた小悪党の名がひとつあった。

たしか、十四年前の葉月に捕まった小悪党の記述だ。

同年同月に永代橋が落下するという大惨事もあったので、印象に残っていたのかもしれない。

「これだ」

四半刻(約三十分)もせぬうちに、又兵衛は調書を探しあてた。

――洲走りの伝次。

それが小悪党の名である。

出世魚の鯔は、成長するたびに名を変える。海へ戻るために河口をめざす稚魚は「おぼこ」と呼ばれ、海に帰れば「洲走り」となり、成長して川へ戻らなくなれば「鯔」となり、さらに成長すれば「ぼら」と呼び名を変え、京大坂では「とど」となって終わりを迎える。

鯔のひとつ手前は洲走り、しかも、伝次と伝五郎は「伝」の一字が重なっている。同じ人物かもしれぬという勘がはたらき、又兵衛は数年ぶりに調書を捲ってみる気になったのだ。

伝次は武家奉公の渡り中間で、調書によれば苗字はない。町中で酔って見知らぬ相手を酷く傷つけたものの、捕まったのが初めてという点も加味され、江戸払の沙汰を下された。すなわち、品川、板橋、千住、両国橋から四谷大木戸以内および本所深川への居住を禁じられたのである。

当時の南町奉行は名奉行と評された根岸肥前守鎮衛、齢二十四の又兵衛は新米与力として出仕間もないころで、高潔にして人情にも厚い根岸のことを神仏のごとく崇めていた。ともあれ、御沙汰に異論を挟む余地はまずない。

「齢は二十六、生きておれば四十か」

できれば、伝次の人相書が欲しかったが、所払い程度で人相書は描かれない。

その代わり、身体の特徴はかなり詳しく記されていた。

――身の丈五尺八寸、月代濃く、額に刃物の引疵一寸五分ほど、面長で前歯上ひとつ欠け、目は切れ長で鼻筋は通り、首は襟右のほうへ常にややかたむき罷りあり候。

なかでも、首が常に右へややかたむいているという特徴は参考になろう。

さらに、又兵衛は見落としていた縄目役の名に目が吸いよせられた。

——定町廻り、姫川数弥。

太刀魚の茂平と持ちつ持たれつの同心である。

何かあるなと、直感が閃いた。

もちろん、洲走りの伝次が鯔の伝五郎とはかぎらない。しかし、伝次が伝五郎だと仮定すれば、姫川は関八州に名を轟かせる悪党と十四年前の出来事をきっかけに結びついた疑いを否定できなくなる。

当然のごとく、茂平も無関係ではあるまい。

「宿場の元締めと不浄役人と大悪党、三者は今も緊密に繋がっている」

又兵衛は薄暗い書庫のなかで妄想を膨らませ、興奮を抑えきれなくなった。

気づいてみれば、月代が真っ赤になっている。

甚太郎のみた「鸛」と化していた。

どっちにしろ、伝五郎をみつけださねばはなしにならぬと、決意を新たにしたものの、みつけたあとのことはきちんと考えていない。例繰方の立場では縄を打つこともできぬし、助っ人と頼む廻り方もいなかった。真っ当な裁きを受けさせようにも、その方法が今はみつけられない。

「悩ましいところだな」

だが、あきらめるつもりは毛頭なかった。

どのような手を使ってでも、あさを不幸のどん底に陥れた連中にそれ相応の報いは受けさせてやる。

怒りを抑えてもう一度、伝次の調書に目を通した。

十四年前の記載だけに、今の塒を捜しだすきっかけになるとはおもえぬが、渡り中間として奉公したさきが三つばかり載せてある。

そのうちのひとつに目がとまった。

――高輪二本榎、奥平大膳大夫下屋敷。

奥平家は豊前国中津藩十万石の領主、口入屋の豊前屋惣右衛門が御用達となった大名にほかならない。高輪の二本榎は豊前屋のある芝田町に近く、渡り中間の伝次が下屋敷に出入りしていたであろう豊前屋の内情を知り得た公算は大きかった。

金満家の一人娘を拐かし、身代金を奪う。もしかしたら、そうした企ての萌芽が生じていたのかもしれなかった。

しかも、二本榎は茂平の仕切る品川宿にも近い。

「中津藩か」

駄目元で調べてみる価値はありそうだ。

書庫を出ると、辺りは真っ暗になっていた。

ふいに人の気配を察し、そちらへ顔を向ける。

ぽっと、提灯(ちょうちん)が灯(とも)った。

着流しすがたの痩せた人物が近づいてくる。

「あっ」

又兵衛は驚き、おもわず声をあげてしまった。

足を止めたのは、奉行の筒井伊賀守その人である。

すっと、提灯を翳(かざ)された。

「ん、みた顔じゃな」

「はっ、例繰方与力の平手又兵衛にござります」

「平手か、ここで何をしておる」

「はっ、書庫で調べものを」

「五つ（午後八時頃）を過ぎたというに、熱心じゃのう」

「……い、五つにござりますか」

それほど時が経っているとは気づかなかった。

筒井はにこりともせず、さらに問うてくる。

「して、調べはついたのか」

「はっ、どうにか」

「ふむ、なればよい。いずれ、詳しくはなしを聞く機会もあろう。それまでに漏れのないよう、すべてあきらかにしておくように」

「はは、かしこまりましてござりまする」

深々と頭を下げると、額に脂汗（あぶらあせ）が浮きでてくる。

顔をそっとあげれば、筒井は今しも書庫のなかに消えるところだった。

町奉行みずから書庫で調べ物など、稀にもないことだと感じ入るしかない。

不浄役人のあいだにどれだけ不正が蔓延（はびこ）っても、町奉行所の頂点に立つ人物だけは高潔な正義の番人であることを切に願っている。

ひょっとすると、筒井は良き理解者になってくれるかもしれない。

だとすれば、夢のようなはなしだなと、又兵衛はおもう。

筒井に鼓舞（こぶ）されたのも、何かの宿縁（しゅくえん）であろう。

どのような顚末（てんまつ）になろうと、筒井にだけは正直に打ちあけるべきではないのか。

又兵衛は新たな悩みを抱えつつ、門番に頼んで裏門から外へ出してもらった。

七

暦は替わり、弥生清明となった。

日本橋室町の十軒店には雛市が立ち、立錐の余地も無いほどの活況を呈している。

墨堤に並ぶ桜の蕾はまだ固いものの、市中を包む穏やかな陽光はいやが上にも遊山気分を駆りたてた。

鯔の伝五郎については、長元坊にも行方を当たらせている。太刀魚の茂平や中津藩との関わりで何かわかればと期待したが、今のところ端緒らしきものは摑めていない。

又兵衛のすがたは、増上寺に近い芝露月町の露地裏にある。

重い足を引きずり、十年前にもたどったことのある道筋をやってきた。目のまえに立つのは棟割長屋の朽ちかけた木戸、端から骨のように突きだしているのは桜の老木であろう。

そういえば、十年前にも見掛けたような気がする。

満開まではほど遠いものの、早咲きなのか、二分ほど開いていた。

外から眺めた様子に変化はないが、店子の多くは入れ替わったことだろう。

再会してみたい相手が今も住んでいるかどうかの保証はない。それでも、訪ねてみようとおもったのは、十年経っても変わらぬであろう肉親のおもいを確かめたい一心からだった。

「たしか、九つの弟がいたな」

名は忘れた。

ちゃんと育っていれば、十九になっているはずだ。

父親の名は清助、自分の仕事に誇りを持つ頑固な指物師であった。あさは幼い時分に母親を病で亡くしたので、母親代わりになって懸命に父親を助けていた。

あさが奉公先の娘にまちがわれて拐かされたと知っても、清助は気丈に構えて狼狽えた様子をみせなかった。ただ、何日か経って豊前屋の番頭が長屋を訪れ、主人の惣右衛門から預かった見舞金を差しだしたときだけ、人が変わったように激昂した。見舞金を受けとらぬどころか、番頭に撲りかかったので、隣近所の連中から羽交い締めにされたのだという。

清助にとって豊前屋は上客にほかならず、あさも奉公させてもらって何かと世話になった相手であったが、忌まわしい出来事に見舞われて以来、関わりを断ったことは想像に難くない。

又兵衛は町奉行所でただひとり、あさの行方を数カ月経ったあとも追っていた。

そのときに二度ほど、長屋を訪ねたことがあったのだ。

「どうして、娘にこだわるのか」

聞かれても、理由は告げなかった。

一度目は不審がっていた清助も、二度目には少し心が通じたようだった。別れ際には腰を深く折り、どうか娘を捜しだしてやってくださいと、泣きながら何度も繰りかえしていたのをおぼえている。

そのとき以来、訪ねていない。

あさをみつけられぬことが、又兵衛の足を遠退かせた。

けじめをつけるためにも、今日こそは清助を訪ね、あさの死を報せねばなるまいとおもった。

だが、どうしても木戸を潜ることができずにいる。

すると、木戸の奥から、若い職人風の男が軽快に駆けてきた。

「あれは……」

あさの弟にまちがいない。

木戸を抜け、目の前を足早に通りすぎていく。

その背中へ、声を掛けずにはいられなかった。

「待ってくれ」

「えっ」

振りむいた若者の顔は、記憶の片隅にある姉とうりふたつだ。

「清助は息災（そくさい）か」

若者は問いにこたえず、小首をかしげる。

又兵衛は無理に笑顔をつくった。

「おぬし、名は」

「清太（せいた）と言いやす」

「年は十九か」

「えっ、へえ」

「清助の後を継いだのか」

「へえ、まだ修業中ですけど」

指物師になったのだと知り、又兵衛は嬉しくなった。

「あの……お武家さまは、おとうとどういう」

「十年来の知りあいでな、偶さか近所に足をはこんだゆえ、懐かしくなって立ち寄ったのだ」

「さようでしたか。でも、せっかくですが、おとうはおりやせん」

「そうか、留守か」

清太は俯き、口をへの字に曲げる。

「どうした、何か悩みでもあるのか」

「いいえ、お武家さまに申しあげるようなことじゃ」

「言ってみろ」

促しても言いあぐねているので、又兵衛は痩せた肩に手を置いた。

ようやく、清太は重い口をひらく。

「じつは、おとうは仕事もろくにせず、野田賭博にうつつを抜かしております」

「博打か。いつからだ」

「かれこれ、五年ほどになりましょうか。姉さんが二度と戻ってこねえとあきらめたときから、人が変わっちまったみてえに……あれほど厳しかったおとうが、だらしのねえ屑になりさがったのです」

清太は別の親方を頼り、仕事の面倒をみてもらっていた。稼ぎのほとんどは博打の借金で消えてしまうので、食べていくのがやっとらしい。

それでも、清太は暗い顔をみせようとしない。

「おいらが一本立ちすれば、おとうは立ちなおってくれるはずです」

心の底からそう信じ、がんばっているのであろう。

真面目で親思いの健気さは、紛れもなく姉と通じるものがあった。

又兵衛は深く感じ入りつつ、清太の背中を見送ったのである。

去りかけたところへ、赭ら顔の清助が千鳥足で戻ってきた。

遠くから又兵衛を見定め、石地蔵のように固まってしまう。

そして、何かを悟ったのか、顎をわなわな震わせはじめた。

「清助」

又兵衛は名を呼び、素早く身を寄せる。

「久方ぶりだな、おぼえていてくれたのか」

「……わ、忘れるわけがありやせん」

もはや、伝えるまでもあるまい。

父親にはわかっていた。

「……あ、あさは……い、生きていたんでやすね」

又兵衛がうなずくと、清助の目に涙が溢れてくる。

「そっか……あ、あいつ、生きていてくれたのか」

「誰よりも、おぬしに会いたかったはずだ。『どんなに辛くても、明けねえ夜はねえ』と胸に繰りかえし、あさは耐えつづけたにちがいない」

「そいつは、おれの言った台詞だ」

「ああ、そうさ。『誰にでも朝はやってくる。だから、おとうは自分にあさと名付けてくれたんだ』と、十五の娘は教えてくれた。しとしと雨の降る日でな、あさは濡れた子犬を愛おしげに抱いていた。優しい娘だ。おぬしの娘が言ったことばに助けられ、わしはもう少し生きてみようとおもった。大袈裟なはなしではない。今のおぬしといっしょでな、わしはそのとき、何もかも嫌になっていた」

「旦那は、それであさを」

「あきらめず、もっと捜せばよかった。そうしておれば、こんなことにはならずに済んだかも……」

又兵衛がことばに詰まると、清助はがくっと両膝をついた。

「……や、やっぱし、あいつは死んじまったんですね」

「おぬしの娘は、生き地獄で必死に耐えつづけたのだ」

「くそっ、何で、帰(け)えってきてくれなかったんだろう」

「迷惑を掛けたくなかったのだ。されど、あさはいつも気に掛けていた。おぬしの身と弟の行く末を案じつつ、いつか再会できる日を夢見ていたにちがいない」

「うおっ」

清助は蹲(うずくま)って頭を抱え、嗚咽(おえつ)を漏らしはじめた。

又兵衛は唇(くちびる)を結び、その場から離れかける。

「……ま、待ってくだせえ」

呼びとめられて振りむくと、清助が這(は)うように近づいてきた。

「あさを拐かしたのは、鯔の伝五郎ってやつなんでしょう。あっしなりに、必死に調べたんでやすよ……も、もしや、旦那は知っていなさるんじゃ」

瞬(まばた)きもせずに立っていると、清助は袖に縋りついてくる。

「旦那、お願えしやす、このとおりだ。あさの……あ、あさの恨(うら)みを晴らしてやってくだせえ」

もしかしたら、そのことばを聞きたいがために訪れたのかもしれない。

又兵衛はしっかりとうなずき、清助の掌を両手で握ってやった。

「肉刺もなく、つるんとしておるな」

「えっ」

「指物師の掌ではない。こんな掌をしていたら、娘は喜ばぬぞ」

「……へ、へえ」

清助は地べたに正座し、今度はおんおん泣きだす。

今日を境に真人間に戻ってくれることを祈らずにはいられない。

ふと、へぼ句が浮かんだ。

――二分桜、できた娘の親孝行。

「字余りか」

涙の詰まった鼻声でこぼし、露地裏をあとにする。

おそらくはもう二度と、ここを訪れることはあるまい。

あとは託されたことをやるだけだと、又兵衛はおもった。

八

三日は雛祭、又兵衛は長元坊に誘われ、三十間堀の川沿いを歩いている。

「十年前、中津藩の勘定奉行が辻斬りに斬られたらしいぜ」

古株の中間を酔わせ、気持ちよくさせて喋らせたはなしだという。

「ところが、そいつは闇討ちだったって噂もある」

黒幕の疑いを向けられたのは、後釜となって勘定奉行に昇進した朝比奈刑部という重臣だった。

「朝比奈は相当な遣り手でな、汚い手を使ってどんどん藩を肥らせた」

又兵衛は足を止め、首をかしげる。

「汚い手とは何だ」

「そいつが、他藩への大名貸しなんだとよ」

藩から藩への貸付など聞いたことがない。

「妙なはなしだろう。でもな、阿漕な商人をあいだに挟めば、できねえ相談じゃねえ。阿漕な商人ってのが誰だとおもう。朝比奈の推挽で藩の御用達になった豊前屋惣右衛門なのさ」

豊前屋は朝比奈の紹介で四国や西国の大名家へ取り入り、まずは口入屋としての仕事を請けおっていった。すなわち、屋敷普請や道普請や川普請における人足の手配を淀みなくおこなったのだ。そして、本業でがっぽり稼ぐと、稼ぎを元手にして次第に大名貸しをおこなうようになった。

「豊前屋は貯えをどんどん殖やし、朝比奈刑部も甘い汁を吸いつづけた。腐れ縁ってやつさ。すべては、前の勘定奉行が斬られたことからはじまった。どうやら、斬られた御仁は、豊前屋が御用達になることに反対していたらしい。死んでくれてありがたかったのはまちがいなく、昇進を決めた朝比奈と御用達になった豊前屋だ」

中間さえも前の勘定奉行が斬られた経緯を疑っているのだが、朝比奈刑部は藩に莫大な利益をもたらしているため、誰も表立って文句を言えぬし、十年前の不審事をほじくり返す者もいないという。

三十間堀では先月来、川幅を狭くする普請がおこなわれている。

人足たちが働く様子に目をくれながら、長元坊は声を落とした。

「じつはな、はなしてえのはここからだ。十年前の不審事の直後、何処の馬の骨ともわからねえ浪人がひとり、朝比奈家に召し抱えられた。今は藩の普請下奉行に出世したそうだが、そいつの名を聞いて、おれはひっくり返えりそうになったぜ」

長元坊がわざと口を閉じるので、気長な又兵衛も苛立ちを隠せなくなる。

「おめえに出世魚のはなしを聞いて、ぴんときたのさ。へへ、名を聞きてえだろう」

「焦らすな」

「よし、教えてやる。そいつの名は、唐住伝十郎というそうだ」

「唐住伝十郎」

「ふざけた名だとおもわねえか」

長元坊の言うとおりだ。ぼらの卵巣を塩漬けにしたものを「からすみ」と呼ぶ。「唐住」とはあきらかに、とどになった出世魚に絡めて付けた姓にちがいない。しかも「伝」のつく名も、伝五郎から数を増やして伝十郎になっている。

「鯔の伝五郎から唐住伝十郎に名を変えたとしたら、存外に洒落の利いた悪党なのかもしれねえぜ」

一介の浪人が召し抱えられるのは稀にもないことだと、古株の中間は羨ましげに告げたらしい。

「朝比奈刑部のために、唐住伝十郎はよほどのことをしでかした。おかげで用人に召し抱えられたってのがおれの見立てさ。しかも、きっかけをつくったのは、豊前屋かもしれねえ」

「ん、どういうことだ」

「血も涙もねえ豊前屋は、あさの身代金を払わなかった。にもかかわらず、悪党の伝五郎から意趣返しを受けずに済んだ。妙だとはおもわねえか。人殺しも厭わねえほどの悪党なら、ほとぼりが冷めたころに本物の娘を拐かすとか、豊前屋に押し入るとか、意趣返しがあったとしてもおかしかねえ。それがなかったってことは、格別の理由があったとしかおもえねえだろう」

伝五郎は狙いをつけた豊前屋から、逆しまに口説かれた。

人をひとり斬れば、名のある重臣の家で召し抱えてやろう。

「口説かれてその気になり、侍になる糸口を摑んだという筋か」

「まあ、そういうことだ」

小悪党の渡り中間が世間を騒がす大悪党になり、仕舞いには十万石の中津藩に仕える陪臣になった。出世魚に重ねて自慢したくなる気持ちもわからぬではないが、そのせいで墓穴を掘ってしまうかもしれない。

「へへ、そいつを今から確かめに行こうってはなしさ」

木挽橋を過ぎれば、手前に中津藩邸のある汐留橋は近い。

長元坊は堀川へ近づき、畚を担いだ人足のひとりに声を掛けた。

「すまねえ、黒鍬者の仕切り役は何処にいる」

「あそこに小頭がいなさるけど」

木挽橋を渡った対岸に、筒袖の男が偉そうにふんぞり返っている。

「又、声を掛けるのは、おめえのほうがよさそうだな」

又兵衛は背中を押され、橋を渡った東詰めから土手下へ降りていった。

筒袖の小頭が人足たちを叱咤している。

その背中に近づき、わざと横柄に呼びかけた。

「おい、こっちを向け」

小頭は驚いたように振りむき、又兵衛を見上げてくる。

町奉行所の役人と察したのか、追従笑いを浮かべた。

「へっ、何でごぜえやしょう」

「おぬしが普請を仕切っておるのか」

「まあ、雇われでござんすけどね。何か不都合なことでもありやしたか」

「蛇籠の一部が破れて、石が堀にこぼれておるぞ。人足どもにふざけたことをさせておると、今すぐ普請を止めさせるからな」

「お待ちを。そんなことをされたら、あっしの首が飛んじまう」

そう言いながらも、小頭は値踏みするような目を向ける。

おおかた、ごねて袖の下を要求する不浄役人だとでも疑っているのであろう。

そのように察してもらえば、こちらの狙いどおりだ。

小頭は素早く身を寄せ、囁きかけてくる。

「旦那、芝田町の豊前屋を訪ねていただけやせんか」

「ほう、訪ねれば何かよいことでも」

「普請の元請けでやすから、たいていのことは丸く収めてもらえるかと」

「わかった、邪魔したな」

おもいがけず、三十間堀の普請と豊前屋が結びついた。

又兵衛は歩きかけて振りかえり、もう一度小頭に声を掛ける。

「おぬし、中津藩の普請下奉行を存じておるか」

「存じておるも何も、そのお方のご差配で人足どもを動かしておりやすけど」

「唐住伝十郎どのであったな」

「ええ、さようで」

「何処に行けば会える」

「四つ（午前十時頃）になれば、汐留橋から順に見廻りにこられやすよ」

「おう、そうか」

矢継ぎ早に問いを発したせいか、小頭は疑う様子もなく応じてくれた。

又兵衛は長元坊と顔を見合わせてうなずき、そのまま川沿いの道を南へ向かう。

「上手に聞きだしたな。へへ、四つはもうすぐだぜ」

ふたりはしばらく歩き、汐留橋の手前で足を止める。

堀留の手前には、中津藩邸の海鼠塀がつづいていた。

石高は十万石を超えるので、表門の両脇には破風造りの立派な番所が設えてある。

「中津藩は普請のとりまとめ役らしいぜ。豊前屋が黒鍬者の元請けになれたのも、中津藩の口利きがあったおかげだろう」

莫大な普請金の多くは堀沿いに並ぶ大名家の負担で賄われ、幕府の公金も少なからず投じられている。普請金の裁量は元請けの一存でどうとでもなるため、豊前屋が不正に中抜きしていても露見することはまずない。

「やってねえはずはねえな。阿漕な商人が川普請でしこたま稼げば、中津藩の勘定奉行も甘い汁がたっぷり吸えるってわけだ。こいつを見過ごしたら、お天道さまに申し訳が立たねえぜ」

何やら、はなしが大きくなってきた。

冷静に考えてみれば、例繰方与力の裁量は遥かに超えている。

「でもよ、ここで尻込みしちまったら、男が廃るってもんだろう。死んじまったあさのためにも、覚悟を決めるしかねえ」

長元坊は興奮の面持ちで吐きすて、袂から一寸書きを取りだす。

又兵衛が渡した一寸書きには、洲走りの伝次と名乗っていたころの悪党の特徴が記されていた。

――身の丈五尺八寸、月代濃く、額に刃物の引疵一寸五分ほど、面長で前歯上ひとつ欠け、目は切れ長で鼻筋は通り、首は襟右のほうへ常にややかたむき罷り在り候。

長元坊は何度となく、一寸書きに目を通す。

「おめえとちがって、おれは物覚えがわりいかんな。唐住伝十郎が伝次なら、おれたちの読み筋はまちがってねえことになる。唐住伝十郎こそが、あさを拐かした張本人だってことさ。こんちくしょう、柄にもなく心ノ臓がどきどきしてきたぜ」

――ごぉん。

四つを報せる鐘が鳴った。

開けはなたれた中津藩の表門から、藩士の一行が登場する。

先頭で足軽（あしがる）たちを率（ひき）いるのは、陣笠（じんがさ）をかぶった固太りの人物だ。

普請下奉行の唐住伝十郎にまちがいあるまい。

ほかの連中より頭ひとつ大きく、身の丈は五尺八寸ほどあるかもしれぬ。

川沿いの道を曲がり、一行はぞろぞろこちらへやってきた。

又兵衛は道端に佇（たたず）み、ごくっと空唾（からつば）を呑みこむ。

長元坊もかたわらで、大きなからだを縮めていた。

唐住がすぐそばまで近づき、ちらりと目をくれる。

異様な光を帯（お）びた切れ長の眸子だ。鼻筋も通っている。

だが、陣笠が邪魔で、額の引疵まではわからない。

唐住は歩調も変えず、そのまま通りすぎていく。

又兵衛は首を捻り、じっと後ろ姿をみつめた。

「あれをみろ、首が右にかたむいていやがるぜ」

長元坊が嬉しそうに囁いてくる。

「へへ、天網恢々(てんもうかいかい)ってのは、このことだな」

「ああ、まちがいない」

あの男が十年前、あさを拐かしたのだ。

燻(くすぶ)っていた怒りの熾火(おきび)に、ぽっと火が点いた。

九

三日後の早朝、品川宿の宿場外れで若い町人が死体となってみつかった。

又兵衛は御用部屋でそのはなしを小耳に挟んだが、町人が豊前屋の娘と乳繰(ちちく)りあっていた手代だとわかったのは、役目を終えて八丁堀の屋敷へ戻ったあとだった。

長元坊が一升徳利を提げ、わざわざ訪ねてきたのだ。

「胴の臍下(せいか)を摺付(すりつ)けの一刀で斬られていたらしいぜ」

「ふうん」

「こいつは刺客の手口だ。殺(や)らせたのは豊前屋にちげえねえ」

「何でそうおもう」

「どっちが誘ったのかはわからねえが、一人娘の絹と手代は心中(しんじゅう)をはかろうとしたらしいぜ」

「まことか」

一昨日の晩、目黒川に飛びこんだが、浅すぎて死にきれなかったという。

「心中の生き残りにゃ、重い罰が課される。一人娘と手代が仲良くふん縛られ、日本橋の橋詰めに晒されたら、豊前屋は大恥を掻くことになる。そいつを避けるために、豊前屋はまず心中をなかったことにした」

ひと肌脱いだのが、以前から懇意でもあった太刀魚の茂平だった。茂平は定町廻りの姫川数弥に袖の下を渡し、心中未遂が表沙汰にならぬように手配させたらしかった。

「それでも、豊前屋は腹に据えかねていたんだろうよ」

哀れな手代は命を縮めねばならなかった。

「娘はどうした」

「奥座敷に閉じこめられたそうだ。手代が死んだのを知れば、半狂乱になって暴れだすんじゃねえのか。豊前屋は以前から周囲に公言していたらしいぜ。聞き分けのねえ娘のことはあきらめ、しっかりした養子を貰って身代を継がせるとな」

又兵衛は天井を見上げ、絹という娘の顔を頭に浮かべた。

十年前、絹とあさはじつの姉妹のように仲睦まじかったという。あさが身代わりになって拐かされたことが、やはり、ずっと尾を引いているのだろう。それゆえ、父親を困らせるようなことを平気でやり、仕舞いには自暴自棄になってしまったにちがいない。

長元坊が酒を注いでくれた。

肴はおとよ婆の古漬けと、それから、帰りがけに魚河岸で求めた伊佐木の刺身と蛤がある。

「ぬへへ、何つっても、焼き蛤だな」

七輪に網を載せ、蛤を置いて殻が口を開けるのを待つ。

ぱっかり口が開いたら、醤油をじゅっと垂らし、熱々の剝き身を口をはふはふさせながら食べるのだ。

待っているあいだも、涎を止めるのに苦労した。

「中津藩の中間に聞いたはなしだがな、十年前に斬り死にした勘定奉行は見事な胴斬りの一刀で斬られていたそうだ。辻斬りにしてはあまりに見事な手並みゆえ、古株のあいだで話題になったらしくてな、それで中間はおぼえていたのさ」

「ひょっとして、臍下を摺り斬りの一刀で斬られていたのではあるまいな」

「そこまではわからねえ。でもな、例の唐住伝十郎、甲源一刀流の免状持ちらしいぜ」

又兵衛は盃を握る手を止めた。

「甲源一刀流と言えば、胴斬りではないか」

「そういうこと。唐住伝十郎は十年前に勘定奉行を斬り、十年経って豊前屋の手代を斬った。やらせたのがどっちも豊前屋惣右衛門だとしたら、同じやり口の説明はつく」

悪党どもへの疑念は、いっそう深まるばかりだ。

「そろりと、敵を懲らしめる策を立てなきゃなるめえ。でもよ、そのめえに厄介事がひとつ」

「何だ」

「定町廻りの姫川数弥さ。あの野郎、妙に鼻が利きやがる」

隠売所で痛めつけた左銀次の線をたどり、長元坊に目をつけたようだった。

「力自慢の海坊主なら、江戸に掃いて捨てるほどいる。ところが、何故か姫川はおれのもとに来やがった。入口で『左銀次を知らねえか』と、凄んでみせたのさ」

「白塗りの女郎に向かって『おれさまは長元坊というんだぜ』と、恰好つけたろう。たぶん、それだ。墓穴を掘ったな、長助」

「長助と呼ぶな。くそっ、おぼえてねえぞ。名なんぞ言ったか」

「忘れっぽいのが玉に瑕」

又兵衛はひとりごち、網のうえに目をやる。

蛤はまだ、固く殻を閉じたままだ。

「詮方あるまい。姫川をどうにかしよう」

「えっ、どうにかできんのか」

「わからん。されど、善は急げだ」

「又よ、どうする」

「唐住伝十郎に会う」

「えっ、今からか」

「蛤を食ってからさ」

腹の据わった又兵衛にたいし、長元坊は眸子を細める。

「会ってどうする」

「毒には毒を、とだけ言っておこう」

「毒には毒か。へへ、何やら浮き浮きしてきたぜ」

「ひとりで行く。おぬしは留守番を頼む」

「おいおい、そりゃねえだろう」

「いいや、仕掛けはひとりで充分だ」

ぱかっと、蛤の殻が割れた。

「おっ」

長元坊は嬉々（きき）として、ぷっくりした剝き身に醬油を垂らす。

——じゅっ。

「この音がたまらん」

香ばしい匂いが、湯気とともに舞いあがった。

長元坊は熱々の殻を摑み損ね、貴重な汁を床にこぼす。

又兵衛は慎重に殻を口許（くちもと）に運び、ちゅるっと汁を啜った。

「うまっ」

おもわず、口から湯気が漏れる。

泣きべそを掻く幼馴染みを尻目に、初物の剝き身を口に入れた。

嚙（か）みしめるたびに、旨味（うまみ）が口いっぱいにひろがっていく。

「これは……」

妙適を迎えた気分だなと、正直におもった。

少なくとも、寿命は何日か延びたことだろう。

「おれは猫舌か。くそっ、熱すぎて食えねえ」

悪態を吐く長元坊に見送られ、又兵衛は屋敷を抜けだした。

三十間堀の汐留橋までは、さほど遠くもない。

懐中から黒頭巾を取りだし、頭と顔の下半分をすっぽり覆う。

帯には刃引刀とともに、飾りばかりの素十手を差しておいた。

辺りはとっぷり暮れており、河岸一帯に昼日中の喧噪はない。

川縁には畚や鍬が投げだされ、川面には笑った口のかたちをした月が浮かんでいる。

又兵衛は木挽橋を渡り、まっすぐに中津藩邸をめざした。

厳めしい門前に立ってみると、さすがに気後れを感じたが、門のそばまで歩み寄り、大きく深呼吸してから門を敲く。

脇の潜り戸が開き、門番が眠そうな顔を差しだした。

「何用にござりましょう」

疑いの眸子を向けてくるので、慇懃な態度で応じてやった。

「南町奉行所の者である。普請下奉行の唐住伝十郎どのにお取り次ぎ願おう。三十間堀の普請に関わる火急の用向きゆえ、すみやかにお出ましくださるよう」

門番が声掛けしてくれるかどうか、懸念と言えばそのことであったが、しばらく待っていると、唐住本人があらわれた。

脇門から抜けだして胸を張り、詰問調に疳高い声を発する。

「夜分に何用か。しかも、頭巾を取らぬとは無礼であろう」

「ふふ、頭巾には理由がある。おぬしの素姓を知っておるゆえ、顔を晒すわけにはいかぬのよ」

「わしの素姓だと」

「さよう。鯔の伝五郎と申せば、わかるであろう」

出し抜けに名を発すると、唐住はぎくりとする。

「やはり、図星だったらしいな」

「おぬし、まことに不浄役人なのか」

唐住は殺気を帯び、こちらの十手を睨みつける。

又兵衛は一歩後退った。

「抜いたら逃げるぞ。ふふ、金さえ貰えば余計なことは言うまい」

「ふん、そういうことか。いくら欲しい」

「百両で手を打とう」

大きく出たつもりだが、唐住は動じない。

豊前屋に泣きつけば、百両程度は用意できると踏んだのであろう。

「ふへへ、おれさまを強請ろうとはな、いい根性をしていやがるぜ」

唐住こと鯔の伝五郎は悪党の地金を晒し、がらりと口調を変えた。

「木っ端役人にしとくにゃ、もったいねえほどの悪党だな。ただし、百両なんぞ持ちあわせてねえぞ」

「わかっておるさ。どうせ、豊前屋に借りるしかあるまい。明後日の亥ノ刻（午後十時頃）まで待ってやる。金を持って、品川宿の問屋場まで来い」

伝五郎は何かを察したのか、すっと片眉を吊りあげた。

「そいつは、太刀魚の茂平のところじゃねえのか」

「ふふ、ようわかったな。おぬしの素姓を教えてくれたのは、肝に毒のある太刀魚のやつなのさ」

「何だと、あいつめ、裏切ったのか」

「いいや、わしを信頼しきっておるゆえ、酒席でおもわず漏らしたのよ」

「酒席で漏らしただと。くそっ、勘弁ならねえ」

「勘弁ならねえなら、どうする」

「始末するさ、簡単なはなしだ」

「ふうん、やはり、そうなるか」

相手が術中に嵌(は)まったのを確信し、又兵衛はとどめを刺しにかかる。

「茂平をどうしようとかまわぬが、わしにきちんと百両を渡してからにしてもらおう」

伝五郎は首をかしげる。

「何で、受け渡しが問屋場なんだ」

「夜なら誰もおらぬ。かえって、怪(あや)しまれぬからさ」

「なるほど、見当がついたぞ。顔を隠しちゃあいるが、てめえ姫川の野郎だな」

「さあ、どうかな」

おもわせぶりに応じると、伝五郎は勝手に喋りつづけた。

「茂平から聞いているぜ。てめえ、相当な悪党なんだってな。不浄役人のくせして、茂平のところへ売られてきた娘を片っ端から味見してみせ、味見代までせしめているそうじゃねえか。しかも、足抜けに失敗った女郎の折檻も好んでやり、何人もあの世へ逝かせたんだって」

「ふん、人殺しの悪党に強意見されるとはな」

姫川への怒りを押し殺し、又兵衛は仕上げのつもりで脅しつける。

「いずれにしろ、おぬしに選ぶ道はふたつしかない。百両持って品川に来るか、それとも、中津藩の重臣を斬った悪党として罰せられるか。進退窮まるとは、まさにこのことだな。ぬは、ぬはは」

わざと高笑いしてやると、相手の怒気が痛いほど伝わってきた。

腰の据わった構えから推せば、おもった以上に手強そうだ。

刀の柄に手を添えたので、ひらりと後ろに跳んでみせる。

「さればな、待っておるぞ」

どっちにしろ、最後には勝負をつけねばならぬ相手だ。

又兵衛はくるっと背を向け、脱兎のごとく駆けだした。

十

翌晩、又兵衛は上弦の月に導かれ、新堀川に架かる金杉橋へやってきた。

亥ノ刻からもう半刻（約一時間）ばかり、南寄りの欄干に背をもたせ、築地の料理茶屋から戻ってくるはずの法仙寺駕籠を待っている。

駕籠の主は豊前屋惣右衛門、中津藩勘定奉行の朝比奈刑部と会っているのはわかっていた。

それを嗅ぎつけた長元坊は、高輪車町の隠売所へ向かっている。

抱え主の左銀次をもう一度締めあげ、太刀魚の茂平のもとへ走らせねばならない。

茂平と姫川数弥がやってきた数々の悪事を表沙汰にされたくなければ、明晩亥ノ刻までに品川宿の問屋場に百両を用意しておけと、左銀次に伝言させるのである。思惑どおりに事がはこべば、悪党どもは雁首を揃えるにちがいない。悪党同士で鉢合わせになり、どちらかが消えてなくなるまでやり合うであろう。毒には毒をとは、そういうことだ。

さらに、念には念を入れ、豊前屋を脅しつけるためにやってきた。

やはり、こちらの悪党たちも放っておくのは忍びない。

それに、豊前屋には聞いておきたいこともある。

月が雲に翳った。

橋向こうから、提灯が近づいてくる。

まちがいない、豊前屋を乗せた法仙寺駕籠だ。

「用心棒はふたりか」

又兵衛は黒頭巾をかぶった。

真夜中ゆえか、駕籠かきは鳴きも入れず、静かに近づいてくる。

橋のまんなかに差しかかった辺りで、又兵衛は欄干から離れた。

大股に進んでいくと、先導役の提灯が上にすっと動く。

駕籠は歩みを止め、ふたりの用心棒が躍りでてきた。

又兵衛は立ち止まらず、間合いをどんどん縮めていく。

「うぬは何者だ」

十間ほど向こうから誰何（すいか）され、返事の代わりに刀を抜いた。

帯に十手はない。抜いたのは刃引刀である。

「くせものめ」

相手のふたりも抜いた。

又兵衛は歩みを止めず、撃尺（げきしゃく）の間合いに踏みこむ。

「ぬおっ」

右のひとりが、上段から斬りつけてきた。

初太刀を躱し、掻いくぐりながら首筋を打つ。

「きょっ」

ふたり目は袈裟懸けの一刀を弾き、眉間に物打ちを叩きつけた。

用心棒たちは白目を剝いて倒れ、ぴくりとも動かない。

流れるような一瞬の動きに、提灯持ちの手代と駕籠かきは立ちすくんだ。

「ひぇっ、ひぇええ」

手代が提灯を捨てて逃げると、駕籠かきふたりも尻をみせて駆けだす。

又兵衛は残された駕籠に身を寄せ、横の簾を捲りあげた。

「ひっ」

絹地の着物を纏った鮟鱇顔の男が、ぶるぶる震えている。

「豊前屋か」

「へっ」

「唐住伝十郎、いや、鯔の伝五郎が訪ねてこなんだか」

「……た、訪ねてきました」

「なら、はなしは早い。わしのことはわかるな」

「……ひ、姫川数弥さま」

「おう、そうだ。ずいぶんむかしに一度だけ、茂平から紹介されたことがある。おぼえているか」

「……い、いいえ」

「廻り同心の顔なんざ、いちいちおぼえておらぬというわけか。さすが、十万石の御用達だな。それで、伝五郎に金は貸したのか」

「……い、いいえ」

「ふうん、そうか。金も持たずにのこのこあらわれ、わしを斬ろうという魂胆だな。ふん、どうやら、強請る相手をまちがえたらしい。豊前屋、おぬし、伝五郎に手代を斬らせたな」

「……と、とんでもない、言いがかりにござります」

「とぼけるつもりなら、十年前のことも喋るぞ」

「へっ、何ですかそれは」

「中津藩の勘定奉行殺しだ。言い逃れはできぬぞ、何せ、手代殺しと手口がいっしょだからな。おぬしは自分の娘を拐かそうとした悪党と手を組み、十万石の重臣を斬殺させた。おおかた、命じたのは今宵酒を酌みかわした相手にちがいない。それだけのことをやってのけた見返りに、おぬしは御用達の座を摑んだ。あとは大名貸しでぼろ儲け、金蔵には小判が唸っている。とまあ、そんなところだ」

豊前屋は蒼白な顔で押し黙り、顎を小刻みに震わせる。

又兵衛は首を差しだし、ここぞとばかりにたたみかけた。

「それだけのネタを揃えてやったら、瓦版屋は喜ぶであろうな。あることないこと書きたてれば、町奉行所もみてみぬふりはできなくなるだろう。でもな、わしはそれほど莫迦ではない」

豊前屋は覚悟を決めたのか、ひらきなおった口調で言った。

「おいくら、ご用意すればよろしいので」

待ってましたと言わんばかりに、又兵衛は言いはなつ。

「三千両だ。鐚一文もまけられぬ」

一拍間があり、豊前屋はうなずいた。

「かしこまりました。して、受け渡しの段取りは」

「明晩、戌の五つ半（午後九時頃）までに用意しておけ。人足をひとり店にやる。そやつに千両箱を三つ積んだ大八車を渡せばよい」

「あの、このことを茂平は承知なので」

「気になるのか」

「何せ、今後のつきあいもありますもので」

「案ずるな、茂平は知らぬ。明晩亥ノ刻、鯔の伝五郎が問屋場へ来ること以外はな」

「伝五郎を捕まえるのですか」

「下手に縄を打てば、おぬしとの腐れ縁を喋るかもしれぬ」

「それなら、いっそのこと……」

と言いかけ、狡猾な鮟鱇は縋るような眼差しを向けてくる。

又兵衛は救いの手を差しのべてやった。

「これを機に縁を切りたいのか」

「この十年、あやつめにはさんざん毟りとられてまいりました。この辺りが潮時かもしれませぬ」

「千両箱をもうひとつ上乗せするなら、始末してやってもよいぞ」

「まことにございますか」

豊前屋は乾いた唇を嘗めた。

「されど、伝五郎は侍くずれにございます」

「ほう、もともとは侍だったということか」

「はい。それゆえ、剣術の力量は本物、けっして百姓剣法ではございません。しかも、ひと声掛ければ集まってくる手下どもがおります」

「なるほど、それはよいことを聞いたな」

「姫川さま、伝五郎一味を始末されるなら、万全のお仕度を。それから、ここでのおはなしはご内密に」

「承知した」

又兵衛は背をみせて歩きかけ、ふたたび、駕籠脇へ戻ってくる。

「そういえば、おぬしには絹と申す娘がおったな」

「はい、おりますが」

「まんがいちのために、その娘も人質に預かっておこう」

「お待ちください。金だけならまだしも、娘はどうかご勘弁を。じつは今、気鬱の病で臥しているのでござります」

又兵衛は、きらりと眸子を光らせる。

「やはり、父親なら娘が愛おしかろうな」

「いえ、そういうわけでは……」

口ごもる鮟鱇を、ぐっと睨めつけてやる。

「愛おしくないなら、何故、拒もうとする」

「可愛くない娘でも、店の看板代わりにはなります。人質に取られたとあっては、豊前屋の看板に疵（きず）がつくというもの」

「ふん、金看板のつもりか。どうせ、糞溜（くそだめ）の水に浸かった看板であろうが。文句は言わせぬ。あとで無事に戻してやるゆえ、娘もつけて寄こすのだ」

渋々承知する豊前屋に、又兵衛は一番聞きたかった問いを発した。

「おぬし、あさという奉公人の娘をおぼえておるか」

「いいえ」

「十年前、あさは絹の身代わりになって拐かされた。おぬしが身代金を渋ったせいで、あさは地獄へ堕ちたのだ。忘れたとは言わせぬぞ。拐かしがきっかけで、おぬしは伝五郎と繋がったのであろうが」

「おもいだしました」

「あさは死んだぞ」

「えっ」

「高輪の隠売所で春を売り、抱え主に折檻されたあげくにな。十年前、どうして助けてやらなかった」

「金を払えば、悪党に足許をみられます。一生つきまとわれ、身代を食いつぶされてしまいかねない。ならばいっそのこと、悪党と手を組んだほうが利口にござりましょう。それに、自分の娘ならまだしも、あさはただの奉公人にすぎなかった。奉公人ひとりのために、せっかく稼いだ金を失うわけにはまいりませぬ」

「けっ、屑だな」

「それが商人というものにござります。浅はかな情を殺してきたおかげで、今の豊前屋があるのです。物事に多少の犠牲はつきもの。不幸な娘を救わなかったことは、今でも後悔しておりませぬ」

「よう言うた。ならば、自分の身に何が起ころうとも、後悔せぬな」

「どういうことにござりましょう」

「裏切れば莫迦をみるということさ」

又兵衛は怒りを呑みこみ、頭巾の内で作り笑いを浮かべた。

さきほどまで胸にあった一抹（いちまつ）の迷いは、痕跡（あとかた）もなく消えている。

やはり、阿漕な商人にはそれ相応のツケを払ってもらうしかない。

「四千両に娘の身柄、きちんと用意しておけ」

唾を吐く勢いで言い渡し、又兵衛は袖をひるがえした。

十一

弥生八日、亥ノ刻。

品川宿の問屋場は、水を打ったように静まりかえっている。

ただ、物陰に潜む悪党どもの息遣いと尋常ならざる殺気だけは感じられた。

四半刻ほどまえ、長元坊は芝田町の豊前屋から大八車を牽いてやってきた。

又兵衛が送った「人足」としての役目を果たし、千両箱四つと娘の絹を連れてきたのだ。豊前屋惣右衛門が裏切り、伝五郎に大八車のあとを従けさせたとしても、向かうさきが品川宿であることには変わりない。姫川と茂平が問屋場で待ちかまえているのは確かめてあったので、途中で追っ手を上手くまけるかどうかが最大の懸念だった。

そこで、又兵衛は策をひとつ講じていた。長元坊には街道の途中で横道に逸れるように指示しておき、横道のさきに別の人足と大八車、さらには市女笠の女まで用意しておいたのだ。

手間賃を弾んだので、人足も女も命じたとおりにやってくれた。長元坊たちと入れ替わり、ふたたび街道へ戻ると、素知らぬ顔で問屋場をめざしたのだ。又兵衛はしばらく後ろから大八車を従け、背後の様子を窺（うかが）ったが、追っ手らしき者の影はみつけられなかった。

ともあれ、長元坊は絹とともに『勇魚屋』で世話になっているはずだ。鯨一頭ぶんに相当する手間賃を払えば、ひと晩くらいは部屋を都合してもらえようし、朴訥（ぼくとつ）な親爺に頼み、いざとなれば屋根裏部屋に匿（かくま）ってもらう約束まで取りつけておいた。

気鬱を患（わずら）う絹のことが少し案じられるものの、直にはなしてみて説得はできたようにおもう。絹は阿漕な父親を心の底から嫌っており、父親に近づいてくる悪党どもはこの世から消えてほしいと願っていた。又兵衛が「望みどおりにしてやる」と言ったら、素直にしたがうと約束してくれたのだ。

おそらく、今ごろは長元坊が酒の力も借りながら、あさのことやここまでにいたる経緯を懇々（こんこん）と説（と）いているところだろう。存外に芯（しん）のしっかりした絹ならば、きちんとわかってくれるはずだと、又兵衛は期待した。

ともあれ、肝心なのは伝五郎だ。

手下どもを引きつれ、刻限どおりにあらわれるかどうか。

五分五分かもなと、又兵衛はおもった。

――ごおん。

亥ノ刻の鐘が鳴りはじめる。

そして、鐘が鳴り終わったとき、中ノ橋のほうから黒い影がひとつ、またひとつとあらわれ、往来を吹きぬける風のように迫ってきた。

「手下は五人」

又兵衛の隠れる物陰からは、街道を挟んで斜め右方に問屋場がみえる。

待ちぶせする茂平の手下は、おそらく、三十人を超えていよう。みな、喧嘩装束に身を固め、帯に段平を差しているのはもちろん、品川一帯の自身番から掻き集めた突棒や刺股や袖搦みといった三つ道具まで揃えていた。

しかも、茂平のそばには姫川数弥が控えている。聞くところによれば、分銅鎖を使う捕縄術に長け、剣術のほうもそこそこにできるらしい。今宵は迷うことなく、真剣を差していることだろう。

三十対六、数だけでみれば、茂平たちに分がある。だが、伝五郎の一味は何度も死線を潜ってきた。修羅場での闘い方に馴れているはずなので、どちらが生き残るかはやってみなければわからない。

漁夫の利を得るべく、又兵衛は物陰に潜みつづける。

刃引刀を腰帯に差してはいるものの、家宝の「和泉守兼定」も携えてきた。

伝五郎を討ち果たすかどうか、じつはまだ決めかねている。

あさの仇を討ちたいのは山々だが、この身に人を斬る資格があるのかどうか、いまだ得心できる理由がみつけられない。ここまで段取りしておきながら、まことに情けないはなしだが、迷いを消し去ることができずにいた。

さきに動いたのは、伝五郎のほうだった。

「罠を張ったつもりだろうが、こっちにはぜんぶお見通しだ。出てこい、腐れ同心め」

誘われるように、姫川数弥が顔を出した。

姫川は顔を晒し、伝五郎たちは布で顔を隠している。

茂平と手下の破落戸たちも、ぞろぞろすがたをみせた。

黒装束の六人と喧嘩装束の連中が対峙し、おたがいの間合いを狭めていく。

どちらも百両など携えておらず、最初から話し合うつもりはなさそうだ。

それでも、きっかけを失っているのか、なかなかはじめようとしない。

伝五郎がおもわぬ台詞を口走った。

「姫川よ、てめえ、百両ぽっちで茂平を抱きこんだのか」

「ん、何のはなしだ」

姫川は怪訝な顔で応じる。

何やら、妙な雲行きになってきた。

話し合いで双方の誤解が解ければ、又兵衛の懸念する情況になりかねない。

ここはひとつ覚悟を決めて躍りこみ、衝突のきっかけをつくるしかなかった。

物陰から離れ、はっとばかりに土を蹴りつけたとき、突如、橋のほうから獣のような雄叫びが聞こえてきた。

「うおおお」

長元坊だ。

大八車を押しながら、猛然と突っこんでくる。

「あっ、海坊主の野郎だ」

叫んだのは、額に鎖鉢巻を締めた左銀次だった。

「それっ、やっちまえ」

茂平が声をひっくり返し、破落戸どもが弾かれたように動きだす。

伝五郎たちもこれに応じ、一斉に刀を抜いた。
破落戸どもは松明を掲げ、往来のいたるところに篝火が灯る。
又兵衛も往来に飛びだしていた。
「ふわああ」
有象無象が襲いかかってくる。
やにわに、乱戦の渦へ巻きこまれた。
――どしゃっ。
長元坊の大八車が、問屋場の正面に激突する。
伝五郎は巻きあがる塵芥を掻き分け、茂平の首を狙った。
あいだに挟まった左銀次が、まずは血祭りにあげられる。
――ひゅん。
一閃、伝五郎に首を飛ばされたのだ。
首無し胴から噴きあがった血飛沫を、破落戸どもがぽかんと見上げる。
しかし、呆気に取られたのは一瞬で、降りそそぐ血の雨がみなを狂気に駆りたてた。
「ひゃああ」

破落戸どもは断末魔の叫びをあげ、どんどん数を減らしていく。

一方、伝五郎の手下も無事ではない。

すでに、三人までが段平で斬り刻まれていた。

長元坊はとみれば、崩壊した大八車の添え木をぶんまわし、手当たり次第に相手をぶちかましている。

又兵衛は死闘を避け、伝五郎をみつめた。

ひとりだけ、動きが際だっている。

手加減なしに殺戮を重ね、ついに茂平のもとへたどりついた。

「くそったれ」

茂平は白髪を逆立て、段平を闇雲に振りまわす。

「ふんっ」

伝五郎は気合いを発し、低い位置から伸びあがるように刃を繰りだした。

――ばすっ。

甲源一刀流の奥義、胴斬りである。

「あれっ」

茂平は臍下をざっくり剔られ、辺りに臓物をぶちまけた。

と、同時に、伝五郎の右手首に分銅鎖が絡みつく。

「くっ」

振りむけば、姫川が立っていた。

「悪党め、年貢を納めろ」

分銅を手繰りよせれば、手首は締めつけられる。

伝五郎はたまらず、刀を取り落とした。

「貰ったぜ」

姫川は素早く身を寄せ、腰の刀を抜きはなつ。

真剣だ。

鋭利な切っ先が、伝五郎の胸に刺さった。

と、おもいきや、ふたりは交互に擦れちがう。

――かっ。

血を吐いたのは、姫川のほうだった。

伝五郎が咄嗟に脇差を抜き、胴を抜いたのである。

「莫迦め」

ぺっと唾を吐き、悪党は刀を拾いあげた。

その背後へ、又兵衛は気配もなく近づいた。

「ん」

伝五郎が振りかえる。

小銀杏髷の又兵衛を視野に捉え、不浄役人と察したにちがいない。

「てめえは誰だ」

「問答無用」

又兵衛は抜刀した。

片手突きを繰りだすと、伝五郎は海老反りになる。

が、躱したところで、反撃はできない。

すかさず、又兵衛は上段打ちに転じた。

「ふりゃっ」

十年分の念を込め、すぱんと短く振りおろす。

――ばきっ。

乾いた音が響いた。

間髪を容れず、もう一度振りおろす。

――ばきっ。

刃引刀を使い、左右の鎖骨を折ったのだ。

伝五郎は腰砕けになり、俯いた恰好で気を失う。

「ぬはは、やったな」

後方で手を叩くのは、泥にまみれた長元坊であった。

折れた突棒を捨て、にかっと前歯を剝きだして笑う。

ほかに立っている者はおらず、傷ついた者たちの呻きが辺り一帯を包みこんでいた。

「まるで、合戦場のようだな」

宿場の連中が集まるまえに、伝五郎を乗せて運ぶ戸板を探さねばならない。

又兵衛は刃引刀を黒鞘に納め、崩れかけた問屋場のほうへ歩きだした。

十二

翌朝、汐留橋の北詰めには野次馬の人集りができた。

鎖骨を折られて瀕死の伝五郎が、筵のうえに晒されたのだ。

黒い襟元には訴状が差しこまれており、伝五郎の正体と悪事の数々のみならず、中津藩勘定奉行の朝比奈刑部と御用達の豊前屋惣右衛門がおこなってきた公金着服のからくりも詳細に記されてあった。しかも、訴状の内容を裏付ける証拠として、筵の端には千両箱が三つ積まれていたのである。

野次馬のなかには普請人足も大勢いたし、中津藩の藩士たちも交じっていた。藩邸の門前に近いこともあり、中津藩の目付が血相を変えてあらわれ、藩士たちに命じて伝五郎の身柄と千両箱を邸内に運んでいった。

すべては藩法で裁かれるのを見越して、又兵衛が仕組んだことにほかならない。

その日から六日後の弥生十五日、又兵衛は霧雨の降るなか、長元坊とともに芝切通の青龍寺へ向かっていた。

長元坊が濡れた禿げ頭を近づけ、渋い顔で喋りかけてくる。

「聞いたか。朝比奈刑部が腹を切ったらしいぜ」

「ああ、そのようだな」

「豊前屋惣右衛門は斬首、店は闕所になるとか。ただし、肝心の伝五郎だけは、どうなったかわからねえ」

「吟味方の連中が噂しておった。晒しの三日後、藩邸内で牢死したそうだ」

「そっか。町奉行所も、伝五郎の動向を追っていたってわけだ」

あくまでも、伝五郎は「唐住伝十郎」として死んだ。鯔の伝五郎だと判明すれば、中津藩はお尋ね者の悪党を十年近くも召し抱えていたことになる。末代までの恥になるので、内々で処分するしかなかったのだ。

町奉行所のなかには、口惜しがった者たちもいるという。

伝五郎ほどの大物を捕まえれば、大手柄になったからだろう。

「いったい、晒したのは誰なのか。世間のやつら、首を捻っているそうだぜ」

南町奉行所のなかでも、しばらくのあいだ、話題の中心はそれだった。品川宿の惨状と関わりがあるのではと勘ぐる者もあったが、敢えて調べようとする者はいなかった。

狐につままれた心境になったのは、晒された伝五郎本人だったにちがいない。

見事な手筋で左右の鎖骨を折った相手が、まさか南町奉行所の例繰方与力であったとは、土壇に導かれて首を突きだす瞬間まで、想像だにできなかったことだろう。

「おめえも捕り方の端くれだ。なのによ、大手柄をあげても、そいつを誰にも告げられねえ。何やら虚しいはなしだな」

「そうでもないさ」

立ち止まれば、眼前に聳える切通の崖が深く剔れながら迫ってくる。

道端に流れる堀川の汀に、可憐な黄色い花が咲いていた。

「山吹か」

又兵衛は身を寄せ、一重咲きの山吹を摘んで束にする。

「手向けの花だな」

長元坊はつぶやき、急坂をのぼりはじめた。

――ごおん。

青龍寺の時鐘が正午の捨て鐘を鳴らしはじめる。

あまりに大きな音なので、ふたりは耳を塞ぎながら山門を潜った。

参道を足早に進み、拝殿には参らずに裏手の墓所へ向かう。

不幸にも逝った娘の墓は、探さずともすぐにわかった。

満開を迎えた桜木のそばに、改心した父と生真面目な弟のすがたをみつけたからだ。

又兵衛たちが近づくと、あさの父と弟は深々と頭を垂れた。

「まさか、このような日が来るとはおもってもみませんでした」

父の清助が、線香の揺らぐ墓石のほうをみやる。

又兵衛のはからいで、無縁仏として荼毘に付されたあさの遺骨が肉親のもとへ渡されたのだ。

が、立派な墓を建てたのは、清助でもなければ、又兵衛でもない。

豊前屋の一人娘、絹であった。

品川宿で悪党どもが潰し合った晩、絹はじっと『勇魚屋』の屋根裏部屋で膝を抱えていた。長元坊に経緯を説かれはしたものの、驚くようなはなしばかりで頭の整理がつかなかった。それでも、あさのたどった不幸な末路におもいを馳せ、半信半疑ながらも、又兵衛と長元坊を信じてみようと覚悟を決めた。

又兵衛は問屋場から戻ったあと、豊前屋が早々に消えてしまうことにくわえて、父親の惣右衛門と今生の別れをせねばならぬことを告げた。絹は動揺しながらもすべてを受けいれ、あさを供養しながらしっかり生き直したいと応じてくれたのだ。

生き直すためには、ある程度の金が要る。そのために、又兵衛は四つあった千両箱のひとつを絹に渡した。最初から、そうするつもりだった。

絹は縄を打たれた惣右衛門が藩邸へ連れていかれたのち、金蔵が封鎖されたにもかかわらず、豊前屋の奉公人たちを秘かに集めてご苦労賃を払い、しかも、あさの墓を建てるための費用も工面した。

清助と清太が感謝したのは言うまでもない。

長元坊だけは、一銭も報酬を貰えぬことに文句を垂れつづけたが、あきらめの早い性分ゆえか、さほど根に持ってもいないようだった。

清助が叫ぶ。

「あっ、お嬢さまが、ちょうどおみえになりました」

祈りを済ませたところへ、こざっぱりしたすがたの絹がやってきた。

又兵衛と長元坊をみつけ、足早に身を寄せてくる。

袂に抱えているのは、山吹の束であった。

そばまで足をはこび、深々とお辞儀をする。

「こたびは、お世話になりました。おふたりには、感謝のしようもございませぬ」

丁寧に挨拶をしつつも、絹は又兵衛たちの素姓を知らなかった。

清助と清太も詳しくは知らず、聞こうともしない。知りたいのは山々だが、聞けば野暮だとおもっているのだろう。

絹は墓前に花を手向けて祈りを済ませ、晴れやかな顔を向けてきた。

「芝神明町の裏長屋に、部屋を借りることができました」

又兵衛に向かって、吹っ切れたように告げてくる。

「わたしはいつもあさといっしょに、いろんなお稽古事に通っておりました。唯一、ものになったのは書道にござります。お残しいただいたお金を元手に、近々、代書屋の看板を掲げようかと」

「ほう、代書屋か」

と、横から長元坊が口を挟んできた。

「それなら、女心を擽る艶書を一枚、さらっと書いてもらおうかな」

「どなたか、お慕いするお相手でも」

「いいや、今はいねえ。そんな相手が出てきたときのためさ」

「旦那、そいつはちょっと、気が早すぎやしませんか」

生真面目な清太に茶化され、長元坊は坊主頭をぽりぽり掻く。

くすっと、絹が笑った。

ひょっとしたら、十年ぶりに笑ったのではなかろうか。

又兵衛はそんなふうに勘ぐり、絹の横顔を盗み見た。

笑いながらも、目には涙が光っている。

おもわず、貰い泣きしそうになった。
いつの間にか雨は止み、桜の花弁がひらひらと墓石に舞いおりてくる。
会えぬとおもえば悲しいが、あさも笑ってくれているのだろう。
――ひとひらの、花はたわむれ風に舞う。
ダンボ風邪でもひいたのか、くしゅっと嚔がひとつ出る。
又兵衛は涙をみられまいと、墓石にそっと背を向けた。

明戸のどろぼう

一

卯月朔日は更衣、羽織の綿入れから綿を抜き、足袋も脱いで裸足になる。

身軽な気持ちで数寄屋橋の町奉行所へやってくると、門前を行ったり来たりしている町人をみつけた。

白髪と皺顔から推せば、還暦は超えていよう。

身のこなしはすばしこそうで、老猫を連想させる。

「いかがした」

又兵衛は気軽に声を掛けた。

振りむいた男は脅えた顔をする。

「訴えたいことがあれば、取り次いでもよいぞ」

「あの、旦那は御奉行所の」

「例繰方の与力だ」

「はあ」

「例繰方を知らぬのか。お裁きの際、罪状に見合う刑罰を来し方の類例と照らし合わせねばならぬ。それが例繰方のお役目だ」

「なるほど。公正なお裁きをおこなうために、欠いてはならぬお役目にござりますな」

心の底から感心してみせる老猫の顔を、又兵衛はじっとみつめた。

「おぬし、名は」

「……い、いえ、名乗るような者では」

男は慌ててお辞儀をし、そそくさと去っていく。

丸まった背中を見送り、又兵衛はほっと溜息を吐いた。

眼前に聳える長屋門を見上げれば、通い慣れた者でも身が引きしまるおもいがする。黒い渋塗りに白漆喰の海鼠壁をたどり、小砂利の敷きつめられた門前に立てば、はじめての者は立ちすくむにちがいない。

それが公儀の威光というものだ。町奉行所の堂々とした門構えは権威の象徴にほかならず、向きあう者の弱さや小ささをこれでもかと突きつけてくる。

又兵衛は右手の小門を潜り、眸子を細めて遠くの玄関をみつめた。門から玄関の式台までは六尺幅に統一された青い伊豆石が敷かれ、青板の左右一面には那智黒の砂利石が敷きつめられている。毎朝定刻に打ち水がなされ、白壁で仕切られた左手には天水桶が山形に積みあげられた。並ぶ大小の玄蕃桶は銀砂で丁寧に擦ってあるため、料理茶屋の飾桶並みに美しい。

又兵衛は青板のまんなかを歩き、朝日に煌めく甍を仰ぎつつ、壮麗な檜造りの玄関へ向かう。何よりも、この瞬間が好きでたまらない。ひとりで味わいたいがために、ほかの連中よりも遅れて出仕したりもする。

式台から階段を三段のぼり、雪駄を脱いで板の間にあがった。

右手の当番所から若い与力が顔を出し、驚くほど大きな声で挨拶をしてくる。元気なだけが取り柄の連中は中番と称され、慣例として奉行直属の家来がつとめた。

又兵衛は左手の廊下をたどり、いつもどおり、例繰方の御用部屋の襖戸を開けて敷居の内へ踏みこむ。

「おう、やっと来たか。毎度ながら、お早いご出仕だな」

さっそく先達の中村角馬に皮肉を言われたが、いつもの強気な態度とは異なり、小机に齧りつく後ろの同心たちを気にしながら、困りきった顔で囁いてくる。

「じつは、内与力の沢尻玄蕃さまよりお呼びが掛かってな、至急、御用部屋へ罷り越すようにと命じられたのだ。使いの者の様子から推すと、尋常ならざる気配を漂わせておられるようでな、もしかしたらお叱りを受けるやもしれぬ」

「何か失態でも」

「それが、いっこうにおもいあたらぬ。おぬし、ちと伺ってまいれ」

「えっ、わたしが。上の呼びだしに応じるのは、部屋の仕切りを任された中村さまのお役目にござりましょう」

「わしはちと、沢尻さまが苦手でな。よいではないか、おぬしも与力の端くれなら、それくらいはやってもらわねば困る」

いつも横柄な中村が、泣きそうな顔で懇願する。

又兵衛は仕方なく、席にも座らずに部屋から出た。

奉行や側近の御用部屋は廊下一本で繋がっているものの、格別の用がないかぎり訪れる機会はない。ましてや、奉行の筒井伊賀守はふた月ほど前に着任したばかりなので、又兵衛は奉行の御用部屋どころか、内与力の部屋にも足を踏みいれたことがなかった。

もちろん、擦(す)れちがえば道端や廊下の端にかしこまり、お辞儀はするものの、個別の案件で何かを命じられたり、意見を求められることもない。

ただ、筒井家の用人頭(ようにんがしら)でもある沢尻が、奉行の筒井に輪を掛けて細かく、気難しい人物だとの噂(うわさ)は聞いている。それがために、従前から根を張る連中には煙たがられ、狭い奉行所内で会えば角(つの)突き合わせているらしいのだが、一介の例繰方与力には関わりのないはなしであった。

又兵衛は廊下の途中で立ちどまり、袴(はかま)の裾(すそ)をたたんで膝(ひざ)をつき、閉められた襖障子越しに声を掛けた。

「例繰方与力平手又兵衛、お呼びにより参上つかまつりました」

「ふむ、はいれ」

厳(いか)めしげな声に応じて襖を開き、部屋に身を入れて襖を閉めてから、畳の隅にかしこまる。

「遠慮はいらぬ。もそっとそばに」

「はっ」

又兵衛は俯(うつむ)いたまま膝行(しっこう)し、畳に両手をつく。

「顔をあげよ」

と命じられ、ようやく、沢尻のほうをみた。

のっぺりした顔のうえに、糸のように細い目が引かれている。

齢は五十の後半か、年番方与力の「山忠」こと山田忠左衛門と同年配であろう。

「平手と申したな。例繰方の部屋頭は、中村ではないのか」

「いかにも」

「召し出しに応じぬとは、わしもずいぶん嘗められたものよ」

「恐れながら、嘗めているのではなく、お叱りを恐れておいでなのでございます」

「何を恐れる。せっかく、褒めてつかわそうとおもうたに」

先般、過失で人を殺めて遠島とされた者について、奉行の筒井は老中への伺い状をしたためねばならなくなった。その際、例繰方の添えた類例がわかりやすくまとまっていたので、筒井は「褒めておくように」と、沢尻に命じたらしい。

又兵衛には添え状を記したおぼえがあったものの、手柄をひけらかしたくないので黙っていた。

「ついでに、類例でちと聞きたいことがあってな」

沢尻が細い目を光らせたので、又兵衛も襟を正す。

「されば、離縁した妻に離縁状を渡さずに後家と暮らす夫には、どういった罰を与えればよい」

「四宿以内および本所深川への居住を禁じる、江戸払にございます」

「ふむ。されば、お尋ね者の奉公人を匿った者は」

「日本橋を中心に四方五里以内の居住および立ち入りを禁じる、江戸十里四方追放にございます」

「されば、縁談の決まった女と密通した者は」

「武蔵、山城、摂津、和泉、大和、肥前の国々、ならびに東海道筋、木曾路、下野、日光道中、甲斐、駿河、さらに、住んでいる国と罪を犯した地、それらすべての場所から追放する、中追放にございます」

「されば、乱心による殺しは」

「様斬りも闕所もともなわぬ、下手人にございます」

「されば、他人の妻と密通した者は」

「死罪。死体は様斬りにし、家屋敷家財ともに没収、闕所といたします」

「されば、主人の妻と密通した奉公人は」

「獄門。牢屋敷で斬首ののち、刑場に捨て札を立てて獄門台に首を晒します」

「されば、心中を仕損なった男女は」

「日本橋のお晒し場で三日間陸晒しのうえ、非人手下といたします。ただし、どちらかが生き残ったときは下手人として斬首いたします」

まるで、例繰方の力量を験す試問である。

又兵衛は微塵も動揺せず、淀みなく応じてみせた。

「されば、最後の問いじゃ。九両二分を盗み、はじめて縄を打たれた盗人があったとする。盗んだのが夜と昼では、どうちがう」

いわゆる「明戸のどろぼう」に関する問いだが、類例も少ないだけに難問の部類にはいろう。

それでも、又兵衛はたじろがない。

「盗みが金十両を超えれば死罪、超えねば敲きもしくは過怠牢にございます。昼の盗みならば敲き五十回もしくは過怠牢軽五十日、夜ならば重敲き百回もしくは過怠牢重百日となります」

「ふむ、ようできた。褒美として、虫封じの護符に和歌を詠ませてつかわそう」

「虫封じの護符にござりますか」

「わからぬのか。厠に貼る蛆虫封じの逆さ札じゃ」

知らぬわけではない。卯月八日の灌仏会に寺へ参じ、貰ってきた甘茶で摺った墨で和歌を書く。その紙を逆さにして厠の壁に貼っておけば、蛇や蛆虫などの長虫を遠ざける呪いになるという。古くから伝わる世俗の風習であった。

奉行所の厠に貼ってあるのをみたことがなかったので、又兵衛は首をかしげたのだ。

「御奉行が『競わせよ』と仰せでな、ほかの連中にも声を掛けるつもりじゃ。灌仏会までに、それ相応の五七五七七を捻りだしておけとな。採用された者にとっては、自慢になる。おもしろい趣向であろう」

「はあ」

「和歌は好かぬか」

「いいえ、好物にござります」

「くはっ、好物とは食べ物のように申すではないか」

「もとい、和歌は嫌いではござりませぬ」

「なれば、ちょうどよかった。用事はそれだけじゃ、去ってよいぞ」

「はっ」

又兵衛は平伏し、素早く部屋から廊下へ出た。

滑るように離れると、曲がり端に誰かが立っている。

お辞儀をしながら通りすぎるや、低声で呼びとめられた。

「待て、おぬし、例繰方の……何と申したかな」

「平手又兵衛にござります」

「おう、それそれ、はぐれ又兵衛じゃ」

声もなく笑うのは、年番方与力の山忠である。

いかにも狡猾そうな面相だが、似ているのは狐でも狸でもなく、出歯のめだつ鼠だった。

「はぐれよ、内与力に何を吹きこまれた」

「何をと仰せになっても、厠の虫封じに和歌をひとつ捻るようにと言われました」

「虫封じの和歌じゃと、笑止な。内与力の間者になり、古株のわしらを秘かに見張れと命じられたのであろう」

「仰せの意味が、ちとわかりませぬ」

「とぼける気か。ふん、おぬしがその気なら、わしにも考えがある。首を洗って待っておれ」

山忠は捨て台詞を残し、肩を怒らせながら、そそくさと去っていく。

又兵衛は何が何だかわからず、廊下の片隅で途方に暮れるしかなかった。

二

この身を「はぐれ」と呼ぶ年番方与力のことは、頭から消し去るようにつとめた。

別段、出世を望んでいるわけでもないので、ほかの連中のように山忠を恐れてはいない。だが、あらぬ誤解を受けるのは迷惑だし、勝手に敵視されるのも気持ちのよいものではなかろう。

あれこれ考えれば気も滅入るが、むしろ、内与力の沢尻に出された課題のほうが重荷に感じられた。仏前を花御堂で飾る八日までに、気の利いた「五七五七七」を捻りださねばならぬ。しかも、筒井伊賀守の命ですべての役人に歌詠みの技倆を競わせるのだという。

「困ったな」

橋を渡りながら夕景を目にしたときや、季節の花を愛でながら土手を漫ろ歩きなどしているとき、ふと口ずさむのが歌詠みの楽しみだとおもっている。無理に捻りだそうとしても、へぼ句しか浮かんでこぬし、おもしろくもない。しかも、お題は厠に貼る虫封じの呪いなのだ。

「沢尻の尻の穴からにょろと出る、臭いはなしを聞きたがる蠅」

ためしに詠んでみた句はあまりにひどく、いっそう気分は萎えてしまう。

楓川の土手には、夏の気配を感じさせる涼風が吹いていた。

土手際に咲く黄金色の愛らしい花は、烏帽子草であろうか。

小石川の白山辺りまで足を延ばせば、不如帰の初音を聞くこともできよう。

本来であれば、めぐる季節の変わり目を和歌に託して詠わねばならぬ。歌詠みの矜持は何処へ行ったのだと嘆いたところで、わかってくれる者はおるまい。

「旦那、鸛の旦那」

振りむけば、小者の甚太郎が尻っ端折りで駆けてきた。

「ふう、やっと追いついた」

「どうした、髷を飛ばす勢いだな」

「門前でお声掛けしたんですよ。なのに、旦那は知らんぷり、すたすたと行っておしまいに」

「門前から追いかけてきたのか」

「ええ、途中で立ち小便をしたもんで、なかなか追いつけやせんでした」

甚太郎の濡れた指をみつめ、又兵衛はげんなりしてみせる。

「で、何か用か」

「てえしたはなしじゃござんせん。午過ぎに、しょぼくれた親爺が水茶屋へやってきやしてね、例繰方のことを根掘り葉掘り聞いていったもんで。へえ、相手をしたのは給仕の娘でしてね、うっかり旦那のお名を漏らしちまったもんで、いちおうお耳に入れておこうかと」

「しょぼくれた親爺に知りあいはおらぬがな」

「お知りあいっていうより、あっしらのご同業にみえやしたね」

「ご同業とは」

「えっ、ご存じない」

知らぬというより、興味がない。

甚太郎は覚悟を決めたように喋りだす。

「あっしにゃ、前科がありやす」

「ふうん」

「驚きやせんね。こうみえても、ちょっくらもちだったんですよ」

「ちょっくらもち」

「かっぱらいのことでさあ。でも、改心してからは、ちりっ葉ひとつ盗んじゃいねえ」

偉そうに胸を張られても、又兵衛には褒めることばがみつからない。

「ならば、しょぼくれた親爺も盗人だってことか」

「ええ、あっしの見立てじゃ、そうなりやす。人を見る目っていうんですか、まあ、勘働きにゃちょいと自信がありやしてね、へへ。十中八九、あいつは盗人だな。しかも、それほど大物じゃねえ。ちょっくらもちに毛が生えた程度の野郎だな、きっと」

「そいつが何の用かな」

問いながらも、脳裏に皺顔を浮かべていた。

出仕した際、門前を彷徨いていた男かもしれぬ。

名乗らずに去ったが、何かを訴えたいようにもみえた。

男のことを告げてやると、甚太郎は身を乗り出してくる。

「そいつでやすよ。胸につかえたことがあるんだな。わかるぜ、うん、改心してえ盗人の気持ちなら手に取るようにわかる」

胡座をかいた鼻の穴をおっぴろげ、勝手にはなしを膨らませる。仕方なく「酒でも呑むか」と誘ってやると、甚太郎は飛びあがらんばかりに喜んだ。

連れていったさきは居酒屋でも一膳飯屋でもなく、常盤町の片隅にある療治所だ。

――鍼灸揉み療治　長元坊

と書かれた看板をみつめ、甚太郎は首を捻った。

「長元坊って、何だ」

戸を開けて敷居をまたぐと、奥からぐうぐう鼾が聞こえてくる。

「日没前から寝ていやがるな」

又兵衛は悪態を吐き、雪駄を脱いで廊下にあがった。

甚太郎も草履を脱ぎ、恐る恐るあとに従いてくる。

奥の部屋を覗いてみると、長元坊が手枕で寝ていた。

小山のようなからだを爪先で突っついても、覚醒しそうにない。

甚太郎は気を利かせたつもりか、杓文字で鍋の底を叩きはじめた。

「起きろ、坊主、海坊主」

鍋をがしゃがしゃ叩き、大声を張りあげる。

長元坊はたまらず、もぞもぞ起きだしてきた。

寝ぼけ眸子で又兵衛を眺め、甚太郎に目を移す。

「おめえは何だ。狛犬のできそこないか」

「おっと、こいつはご挨拶だな。あっしは甚太郎ってもんで、鶍の旦那の手下でやんすよ」

「鶍の旦那ってのは、又兵衛のことか。なるほど、そういや、怒ると月代が赤くなりやがる。鶍ってのは言い得て妙だ。できそこないめ、気に入ったぜ」

三人で車座になり、長元坊呑みかけの安酒を酌みかわす。

「卯月と言えば初鰹だが、鰹はねえから目刺しで我慢しろ。その代わり、駒込の茄子がある。丸のまんま浅漬けにしたやつだ」

又兵衛は涎を滲ませる。駒込の茄子は絶品で、しかも、初茄子なのだ。

「へへ、初茄子だあ」

取ろうとした茄子を、甚太郎が横取りする。

又兵衛は殺気を帯びつつ、ふたつ目の茄子を手に取った。

愛おしそうに眺めてから、紫紺色のふくらみに齧りつく。

ぷつっとひと齧りするや、口いっぱいに薄塩のみずみずしさがひろがった。

「これだな、長助」

本名を口にした途端、長元坊は不機嫌になる。それでも駒込茄子を齧ると、自然に笑みがこぼれ、怒りは何処へやらと消えていった。

「怒りを除くのは合歓の花だが、茄子にもその効能はある」

長元坊はしかつめらしく、医者らしい名言を吐こうとする。

「もちろん、初茄子を食えば七十五日寿命は延びよう」

誰も聞いてはいない。茄子を食うのに夢中なのだ。

「おい、目刺しも食え」

甚太郎は長元坊に叱られながらも、療治所が気に入った様子だった。

すっかり深酒をしてしまい、屋敷に帰るのも億劫になったころ、闇夜の市中に呼子が鳴り響いた。

――ぴい、ぴい。

まっさきに外へ飛びだしたのは甚太郎で、しばらくすると息を弾ませながら戻ってきた。

「鷭の旦那、押しこみでやす」

日本橋本町三丁目の『讃岐屋』という薬種問屋で、大勢の死人が出たという。

「せっかくの酒が不味くなったぜ」

長元坊の愚痴を聞きながし、又兵衛も大小を腰帯に差した。

「旦那、行ってみやしょう」

甚太郎に誘われ、急ぎ足で日本橋へ向かう。

本町三丁目はさほど遠くない。戌の五つ（午後八時頃）は過ぎているのに、近づくにつれて、野次馬どもが増えていった。

日本橋を渡って街道を進み、本町大路との四つ辻にたどりつく。

右手に折れて少し進んださきが、凶事に見舞われた『讃岐屋』らしい。

薬種問屋のなかでも「和三盆」と称する白砂糖を扱う大店として知られていた。

混乱する戸口へ近づくと、町奉行所の役人たちが捕り方装束で行き来している。

戸板でつぎつぎに運ばれてくる遺体は、家人や奉公人のものであろう。

なかには、女や子どもまでふくまれている。

「くそっ、酷えことをしやがる」

目を真っ赤にした甚太郎が悪態を吐いた。

年端(としは)もいかぬ幼子(おさなご)のほとけをみれば、又兵衛も平常心ではいられなくなる。

敷居に歩み寄ると、真横から廻(まわ)り同心が怒鳴りつけてきた。

「おい、勝手に近づくんじゃねえ」

廻り同心は足早に近づき、又兵衛の顔を下から覗きこんできた。

「あっ」

内勤の与力と気づき、びっくりしたのだろう。

「これは御無礼を。あの、どちらさまでしたっけ」

「例繰方の平手又兵衛だ。おぬしはたしか、」

「定町廻りの桑山大悟(くわやまだいご)にござります。でえごとでもお呼びくだされ」

別段、親しげに呼ぶ気もないが、なるほど、垢抜(あかぬ)け顔をみれば「でえご」と呼びたくなる。

「ふむ。で、押しこみをやった連中はどうした」

「残念ながら逃しました」

「目当てはあるのか」

「これを」

桑山が差しだしたのは、蜷局を巻いた白蛇の描かれた護符だ。

「みたことがあるな。もしや、本所にある一ツ目弁天の護符か」

「いかにも、さようにございます。白蛇の護符をこれみよがしに置いていくのは、くちなわの権蔵一味にまちがいありませぬ」

近頃、江戸市中の商家を荒らしまわっている盗人一味にほかならない。手口が派手なわりには尻尾を出さぬので、捕り方も手を焼いていた。

「今年になって、讃岐屋で三カ所目にござります。いずれも何の呪いか、護符の裏に和歌を殴り書きし、逆さにして壁に貼っておくのですよ」

「ほう、ちとみせてくれ」

護符の裏に書かれた和歌を、又兵衛は興味深そうに詠んでみる。

「追いかけて渡り去る橋逃げ水の、縄打つことは夢のまた夢、か」

「われわれ捕り方を出し抜くのが、楽しくて仕方ないかのようですな」

「毎度こうなのか」

「ええ、そうですよ。梅見のころに押しこみのあった下塩問屋でも、和歌の書かれた一ツ目弁天の護符をみつけました」

「どのような和歌か、おぼえておるか」

「捕り方の間抜け面(づら)みて腹抱え、笹(ささ)かづき交(か)わす梅見のうたげ、だったかと。盃(さかずき)を笹かづきとあやまって書いたせいで、字余りになった。間抜けな歌なので、おぼえております」

「なるほど、でえごよ、おぬし、和歌を捻るのか」

「ええ、少しだけ。下手(へた)の横好きにござります」

「ならば、最初の押しこみのときに貼られた和歌もおぼえておろう」

「残念ながら、みつけたのは別の同心で、護符は捨ててしまったそうです」

「何と莫迦(ばか)な」

又兵衛は落胆しつつも、桑山に頼んで護符を貰い、血腥(ちなまぐさ)い商家に背を向ける。

外に出ると、甚太郎が何か言いたそうに身を寄せてきた。

「鷭の旦那、あいつがおりやした。ほら、あそこ」

指差したほうへ目をやると、人垣をつくる野次馬の片隅に、しょぼくれた親爺が立っていた。

「水茶屋を訪ねてきた親爺ですよ」

背を丸め、がたがた震えているようにもみえる。

薄闇でもそれとわかるほど、蒼白(そうはく)な顔色をしていた。

押しこみについて何か知っているのかもしれぬと、勘が囁いた。

又兵衛は気配を殺し、そっと足を忍ばせる。

が、つぎの瞬間、親爺は消えた。

まるで、煙のように消えてしまったのである。

三

翌夕、又兵衛は両国橋を渡り、本所の一ツ目弁天へ向かった。

目を瞑れば、年端もいかぬ子どもの無惨なすがたが浮かんでくる。

たとい、出役もせぬ例繰方であっても、女や子どもまで殺める凶悪な盗人を許すわけにはいかない。

弁天社は竪川入口の南岸にある。第五代将軍綱吉から土地を拝領した杉山和一検校が、この地に相模国の江ノ島弁天を勧請した。弁天社に付けられた名称は、綱吉に望むものは何かと聞かれ、目をひとつ所望したいと応じた杉山検校の逸話にちなむ。

又兵衛は懐中に手を入れ、定町廻りの「でえご」こと桑山大悟に貰った白蛇の護符を取りだした。

権蔵が金運に効験のある護符を求めたのは、蛇を意味する「くちなわ」という通り名にあやかってのことだろうが、残虐非道な悪党が存外に信心深いという例もある。くちなわの権蔵が一ッ目弁天に足繁く参じているのではないかと考え、又兵衛は手掛かりを求めてわざわざ両国橋を渡ってきたのだ。

それにしても、妙な和歌だとおもう。

「追いかけて渡り去る橋逃げ水の、縄打つことは夢のまた夢」

捕り方の虚しい心情を詠んでいるのだろうが、どことなく取って付けたような印象も否めない。

今年にはいってから、くちなわ一味はたった三月で三カ所も商家を襲っていた。

一度目は帳綴を翌日に控えた正月十日、襲ったさきは日本橋大伝馬町の『松坂屋』という太物問屋である。家人を脅して奪った鍵で金蔵の錠前が開けられ、二千両余りが盗まれた。しかも、盗人一味の風体を証言した者はいない。顔をみた者はひとり残らず、殺められたからだ。

さらに、二度目は翌月の彼岸過ぎ、霊岸島北新堀の『十州屋』という下塩問屋が襲われた。下塩とは瀬戸内に面する十州の藩が産する高価な塩のことで、北新堀には廻船問屋を兼ねた下塩問屋が四軒にかぎって集められていた。『十州屋』は肝煎りもつとめるほどの大店で、盗まれた金高は五千両にのぼったという。こちらも、一味を目にしたであろう家人と奉公人はすべて殺められている。

そして、三度目が昨日の『讃岐屋』であった。三カ所とも日本橋界隈にあるということ以外に、いまだ共通する点は見出せていない。

つぎはあるのか、ないのか。

かならずあると、内勤の連中は口を揃える。

なぜなら、昨夜の『讃岐屋』から盗まれた金高が二百両弱と、ほかの二軒にくらべて少なすぎるからだ。

「囮蔵だったのさ」

と、中村角馬は得意げに言った。

昨晩の探索により、斬殺された主人の寝所で隠し穴がみつかり、そちらに千両箱が山積みにされていた。ということは、金蔵の鍵を渡した途端、隠し穴のことを知る主人や番頭は殺められた。盗人どもは肝心なことを確かめもせず、勇み足を踏んだと考えてよかろう。

右の読み筋にしたがえば、みなの予測どおり、近々に押しこみがあると覚悟しておかねばならない。わざわざ護符の裏に和歌を書き、捕り方を出し抜いたと自慢したがるほどの盗人である。多少は危うい橋を渡ってでも、借りを返そうとするに決まっている。

「いや、ちがうな」

衝動に駆られて動けば、かならず墓穴を掘る。これだけ大掛かりな盗みをやる者ならば周到な下準備は欠かさぬはずなので、押しこむさきも日取りもあらかじめ決めていると考えるべきだろう。

あれこれ考えをめぐらせ、護符に書かれた和歌に目を落とす。

「渡り去るのさるは、猿と掛けたか」

結びの「夢のまた夢」は、なるほど、猿と呼ばれた太閤秀吉の辞世にほかならない。

又兵衛は拝殿に両手を合わせ、札所で白蛇の護符を求めた。

周囲にさりげなく目をやっても、それらしき参拝客はいない。

「まあ、おるはずがないな」

参道を引き返し、鳥居を潜って門前へ出ると、沿道に「名物蓬餅」と白抜きされた新緑色の幟を見掛けた。

葦簀掛けの水茶屋だ。

誘われるように足を向け、赤い毛氈の敷かれた縁台に座る。

「おいでなされまし」

ほっぺたの赤い娘に、蓬餅と茶を注文する。

ほっと溜息を吐いたとき、縁台の片隅に先客が座っているのに気づいた。

どうして気づかなかったのか、自分でもよくわからずに戸惑ってしまう。

気配を消していたのは、月代を剃った目つきの鋭い侍だ。しかも、左目は黒い眼帯に覆われている。

隻眼なのだ。一ツ目弁天へ参った理由は、それであろう。

風体だけでは幕臣か藩士か浪人かもわからぬが、かたわらに深編笠を置いている。声を掛けるべきかどうか迷っていると、先客はずりっと茶を啜り、おもむろに立ちあがった。

外に出るまえに深編笠をかぶり、ゆったりとした歩調で離れていく。

座っていた毛氈には、小銭がきちんと並べてあった。

茶碗や皿も縁台の角に合わせて、しっかり整えられている。

自分もそうなので、又兵衛にはよくわかった。何事につけて、四角く整えねば気が済まない性質なのだ。

まちがいない、あいつだ。

勘がはたらくと同時に、又兵衛は立ちあがっていた。

「おまちどおさまにございます」

ほっぺの赤い娘がちょうどそこへ、蓬餅と茶を運んでくる。

「ちょっと行ってまいる」

又兵衛はそう言い残し、店を飛びだした。

遠ざかる編笠侍を足早に追いかけ、背中に声を掛ける。

「もし、そちらのお方」

侍は足を止め、ふわりと向きなおった。

「お忘れものにござる」

又兵衛は平静を装い、袖口から白蛇の護符を取りだした。

編笠侍はすかさず、みずからの袖を探りだす。

そして、白蛇の護符を取りだしてみせた。

「わしの護符ではないな」

発せられたのは、少し嗄れた低い声だ。

「これはうっかり、早とちりしてしまいました。呼びとめて申し訳ございませぬ。それがし、平手又兵衛と申します」

こちらが名乗れば、侍の礼儀として相手も名乗らざるを得なくなる。

「権俵権之助にござる」

と、侍はすぐにわかるような嘘を吐いた。

どうすべきか、飛びかかって縄でも掛けようか。

迷ったすえに、自分でもわけのわからぬ問いが口から漏れた。

「権俵どのは、和歌を嗜まれようか」

「ん、和歌とな」

「いかにも、上役からお題を与えられ、ちと困っておりましてな。会う人ごとにこうして、迷惑も顧みずに尋ねているのでござる」

黙殺されても仕方のないところだが、相手は食いついてきた。

「お題は何であろうな」

「おお、聞いていただくだけでもありがたい。じつは、厠に貼る虫封じの護符に記す和歌を詠まねばなりませぬ」

「虫封じの護符にのう」

権俵と名乗る侍は、わずかに首をかたむける。

どうやら、気の利いた和歌を捻りだそうとしているらしい。

獲物が釣り針に食いついたと見極め、又兵衛は慎重に糸を手繰りよせる。

「もし、よろしければ灌仏会の前日、今ごろの時刻に水茶屋でもう一度お会いできませぬか。そのときに、おたがいに捻った和歌を披露し合うというのはいかが。もちろん、見も知らぬ者の戯言におつきあいいただく以上、それ相応の御礼をせねばなりませぬ」

「礼とは」

「蓬餅をひと皿、いかがでござろう」

一瞬の沈黙ののち、権俵は弾かれたように笑った。

「ぬはは、おもしろい」

「このはなし、乗っていただけましょうか」

「ふむ、よかろう」

「されば、よしなに」

深々とお辞儀をすると、権俵は軽く会釈をして去っていく。

もちろん、期待などしてはいない。

か細い糸のごとき繋がりでも、保っておきたかっただけだ。

権俵の影が辻角を曲がると、又兵衛はふうっと大きく息を吐いた。

振りむけば、水茶屋の娘が心配そうにみつめている。

「案ずるな」

又兵衛は右手をひらりとあげ、にっこり笑ってみせる。

赤い毛氈の縁台に戻ると、美味そうな蓬餅が皿にあり、娘の淹れなおしてくれた茶が湯気を立てていた。

四

二日後の夕刻、役目終わりで帰路をたどり、銀座の往来を歩いていると、露地裏のほうから塩売りの売り声が聞こえてきた。

——え塩え、しおー。

どことなく、哀愁を感じさせる響きだ。

塩売りは量り売りの日銭商売で、誰でもすぐにできる。ゆえに年寄りが多く、売り声はたいてい嗄れていた。

もちろん、扱う塩は高価な下塩ではなく、下総の行徳や武蔵の大師河原から運ばれてくる地廻塩（じまわりしお）である。笊入（ざるい）りで運ばれるので、小名木川（おなぎがわ）沿いや行徳河岸（がし）あたりに店を構える問屋は「笊塩問屋（ざるしおどんや）」などとも呼ばれた。

――え塩え、しおー。

嗄れた売り声は徐々に近づき、京橋の手前でぴたりと止（や）んだ。

振りかえれば、猫背の老（お）いた塩売りが立っている。

「例繰方の平手又兵衛さまであられますか」

「いかにもそうだが」

「あっしにみおぼえはござんせんか」

「更衣（ころもがえ）の日、門前を彷徨いておったな」

疾（と）うに察しはついている。

「おぼえていてくだすったんですね」

「ああ」

男はぺこりと頭を下げる。

「旦那にはとんだご迷惑を。訴えると腹を決めたはずなのに、御奉行所の門前に立った途端、足が竦（すく）んじまって」

「まあ、そんなものさ」

「お声を掛けていただき、どれほど安堵したことか。ひょっとしたら、このお方なら、はなしを聞いていただけるかもと、あっしは身勝手にもおもっちまったんだ。旦那、どうかあっしに、進むべき道をお教えくだせえ」

「進むべき道なんぞ教えられぬ。儒者でも坊主でもないからな」

突きはなした物言いをしても、男はあきらめそうにない。

「袖振り合うも多生の縁と申します。あっしにゃ直感でわかるんだ。お力になっていただけるおひとかどうか、すぐに見抜いてしまうんですよ」

又兵衛は溜息を吐き、親爺の顔をまっすぐにみた。

「おぬし、名は」

「おっと、忘れておりやした。卯八と申しやす。しがねえ塩売りにごぜえやすが、じつはこの商売は世を忍ぶ仮のすがたで。おっと、これ以上の立ち話は禁物だ。よろしかったら、あっしのあとに従いてきていただけやせんか」

「詮方あるまい」

成りゆきで塩売りの背につづき、京橋を渡ってから土手下の舟寄せに降りていく。

客待ちの小舟にふたりで乗り、楓川へ静かに滑りだした。

日本橋川と合流して右手に折れ、しばらく進んで箱崎の手間で左手に折れる。箱崎川の入口に架かる崩橋を潜れば、左手に行徳河岸をのぞむことができ、直進すれば浜町堀の注ぎ口に合流する。小舟は波に翻弄されつつも、寛政のころまで中洲のあった浅瀬に水脈を曳き、大川を斜めに突っ切って対岸をめざした。

「何処へ向かうのだ」

一度だけ問うてみたが、卯八は曖昧に笑うだけでこたえない。

小舟は小名木川の注ぎ口に鼻先を入れ、放生会には亀を売る万年橋の真下を潜りぬけていった。

つぎに控える高橋の手前で、ようやく右手の桟橋へ船首を向ける。

卯八につづき、又兵衛も陸にあがった。

何のことはない、ここは笊塩問屋が軒を並べる小名木河岸だ。

「毎朝、通っているところでござんす。じつは、このさきにある霊巌寺の門前に、美味いと評判の団子屋がござりやしてね、そちらまでご足労願えねえかと」

ここまで来ておいて、行かぬはずがあるまい。

又兵衛は渋い顔でしたがった。

霊巌寺は地蔵巡りの札所で、深川では永代寺よりも寺領が広い。

門前の賑わいもかなりのもので、六地蔵の祠からはじまる参道沿いには土産物屋や食べ物屋台が所狭しと並んでいた。水茶屋も何軒かあり、卯八おすすめの団子屋は参道を挟んで六地蔵と対面する一等地に葦簀張りの見世を構えている。薄紫の色地に「お六団子」と白抜きされた幟が涼風にはためいていた。

ところが、卯八は何故かそちらへ向かわず、参道を挟んで幟を遠目にみる別の水茶屋へ又兵衛を差し招く。

「ささ、こちらでござえやす。お姉さん、茶をふたつ」

団子すらも頼まない。

又兵衛は不満顔をつくったが、卯八は気にも留めずに「お六団子」の幟をみつめている。

「立派な団子屋でござんしょう。お六ってのは若え女将の名でもあるんだが、そいつは六地蔵にちなんだ名でしてね、五年前に見世を出すやいなや、瞬く間に深川の名物になりやした。幟に使った薄紫は餡子の色なんでやすよ。上品な色だとおもいやせんか、ねえ、旦那」

卯八は目に涙すら浮かべ、滔々と団子屋のはなしをつづける。

さすがに我慢強い又兵衛も、口を挟まずにはいられなくなった。

「おい、わざわざ深川まで連れてきておいて、おぬしはいったい何をはなしておる」

「えっ、あっ、申し訳ございません。ついうっかり、肝心なことを言い忘れるところでやした。何を隠そう、あっしは盗人なんです」

「何だと」

「驚かれやしたか。無理もございませんよね。ただし、あっしは夜は動きやせん。昼の日中、戸締まりの緩い不用心な金持ちの蔵を狙う」

「明戸のどろぼうか」

「へい、それなんで。あっしは小心者ゆえ、十両を超えては盗みやせん。山と積まれた千両箱を鼻先にしても、蓋をそっと開け、せいぜい盗むのは二枚か三枚」

「されど、盗人は盗人だ。胸を張って他人に言えるはなしではなかろう。ましてや、町奉行所の与力に告げるはなしではあるまい」

「お縄を頂戴する覚悟はできておりやす。ただ、あっしのことなんぞより、もっと大事なおはなしが」

どうやら、ここからが本題らしい。

又兵衛はじっくり腰を据え、はなしを聞いてやろうとおもった。

卯八は茶の残りをこくっと吞みほし、張りつめた顔で漏らす。

「三日前の晩、本町三丁目の讃岐屋が押しこみに遭いやしたよね」

「そうだ、おもいだしたぞ。おぬし、野次馬のなかにおったであろう」

「あっしも旦那をお見掛けしやした。それもあったもんで、お声掛けしようと。あっしは聞いちまったんです。くちなわの権蔵一味が、讃岐屋を襲うってはなしを。この耳で聞いちまったもんだから、町奉行所に訴えようとおもったんです。でも、勇気がなくてできなかった。そのせいで……そのせいで、あんなことに」

卯八は俯き、声を震わせる。

何となく事情がわかってきた。おそらく、卯八は盗みをはたらこうと忍びこんださきで、悪党どもの企みを耳にしたのだろう。

「卯八、落ちつくのだ。順序立てて、はなしてくれぬか。まず、企みをいつ、何処で聞いたのだ」

「へえ、何でも包み隠さずに申しあげやす。押しこみがあった日の七日前、あっしはそのさきの房州屋に忍びこみました」

慣れ親しんだ笊塩問屋のひとつだが、以前、奉公人から邪険にされたことがあり、根に持っていたという。入念に下調べをしてみると、蔵の錠前が容易く外せそうなこと、昼餉の正午になると蔵のそばに人気がなくなることがわかった。

「おもったとおり、錠前を外して楽々と蔵へ忍びこみやした。ところが、三両ばかし盗んで引きあげようとしたとき、蔵の外からふたりの話し声が聞こえてきた。ひとりは知ったやつだ。ええ、声でわかりやした。番頭の伊平ってすかした野郎だった。もうひとりの偉そうなほうは知らぬ相手で、少し嗄れた低い声の男でやした」

「少し嗄れた低い声か」

そのふたりが薬種問屋の『讃岐屋』を襲う日取りについて、こそこそ打ち合わせしていたというのである。

「一度だけ、伊平が『くちなわ』と口走りやがったんです。あっしはそいつを聞きのがさなかった。まちがいねえ、こいつらはくちなわの権蔵一味だって。それがわかった途端、震えが止まらなくなった。何せ、酷え手口は知っておりやしたからね」

卯八は金も取らずに蔵から脱けだし、後ろもみずに小名木河岸から離れた。その日から善悪の狭間で苦悶する日々がはじまったのだという。

「一刻も早く、訴えなきゃならねえ。でも、訴えたら盗人だってばれる。どうしよう。盗人のはなしなんぞ、誰が信じるものか。本町三丁目の讃岐屋さんにも何度か行ったんです。文を託そうともおもったが、何せあっしは字が書けねえ。めめずの這ったような字で、くちなわに狙われているから気を付けろと書いても、子どもの悪戯だっておもわれるに決まっている。いろいろ悩んだあげく、何もできやしなかった。旦那もご覧になったはずだ。讃岐屋さんは襲われ、年端もいかぬ子どもまでが殺められちまった。ぜんぶ、あっしのせいなんです。あっしが覚悟を決めて訴えていたら、あの子は助かったかもしれねえんだ」

慰めようもなく、又兵衛は押し黙った。良心の呵責に苛まれた男の告白は、聞いているだけで胸が苦しくなってくる。

「やつら、またやりやすぜ」

ぽつりと、卯八がこぼした。

「旦那、目と鼻のさきに、伊平はおりやす」

どうにかしてほしいと、懇願するような目でみつめられた。

どうしたものか、又兵衛はこたえに窮する。

伊平だけを捕らえても、首魁の権蔵にたどりつけるかどうかはわからない。

上役に訴えて廻り方を動かしても、下手を打てば、せっかくの獲物を逃してしまう公算は大きかろう。

さて、どうする。良い思案が浮かんでこない。

目にはいってきたのは、お六団子の幟だった。

卯八も幟をみつめながら、わけのわからぬことを口にする。

「じつは、あのお六団子、食べたことはござんせん。ほら、あそこに、赤子を背負った若い女将がおりやしょう。奥にゃ、真面目一本で職人気質の旦那がいるはずだ。あっしはね、あの幟を眺めているだけで幸福なんです」

「名物の団子を食べぬのか」

「ええ、旦那にゃ申し訳ねえが、くちなわの一味が一網打尽にされるまで食べるわけにゃいかねえ。へへ、団子断ちってやつで」

ただの願掛けなのか、それとも、何か別の深い理由でもあるのか、又兵衛はお六団子を食べぬ老いた盗人の心情をはかりかねた。

五

又兵衛は慌てず、じっくり相手の動きを探ることにした。

「卯八に命じて笊塩問屋の伊平を見張らせ、妙な動きがあったら報せるようにと告げたのだ。

もちろん、焦りはある。

くちなわの一味を捕らえるためには、つぎに狙われる商家を一刻も早くみつけださねばならない。

本来ならば、例繰方が首を突っこむはなしではなく、上の者に託すべきだとおもう。町奉行所の与力として、凶賊に繋がる端緒を内密にしておく理由はひとつもない。筒井伊賀守の指図にしたがい、みなが結束して事に当たらねばならぬのだ。

それでも、様子をみようと決めたのは、卯八の処遇を懸念してのことだった。下手をすれば、即刻、斬首になるかもしれぬ。それを考えると、うっかり誰かに漏らすこともできず、ひとりで重大事を抱えこまざるを得なかった。

「はぐれなんだから、仕方あんめえ」

と、長元坊にはからかわれた。

たしかに、相談できる相手がいれば、疾うにはなしている。だが、奉行所内にはこれとおもう者がひとりもいない。

「へへ、知っているぜ。年番方与力の山忠は狡猾な鼠だし、吟味方与力の鬼左近は目下を威圧するだけが取り柄の男だ。先達の中村角馬は小心者だし、廻り同心や下の連中で信用できる者はいねえ。唯一、内与力の沢尻玄蕃は頼りになりそうだが、どことなく得体の知れぬところがあるんだろう」

奉行所内では孤立無援ゆえか、気づいてみればいつも常盤町へ足が向いていた。

「おいおい、冗談じゃねえ。只働き（ただばたら）きは御免だかんな」

長元坊は硬い鯣（するめ）を囓りながら、大袈裟（おおげさ）に言いはなつ。

それでも、助けてくれるのが幼馴染（おさななじ）みというものだ。

「おめえの言うとおり、護符に書かれた和歌は怪（あや）しいな」

何かの符牒（ふちょう）ではないかと、長元坊も疑ってみせる。

「無駄骨かもしれねえが、もういっぺん、くちなわ一味に襲われた商家をまわってみたらどうだ」

めずらしく真っ当な指摘をされ、又兵衛もその気になった。

さっそくひとりで向かったさきは、日本橋の魚河岸にも近い大伝馬町、正月の帳綴前夜に襲われた『松坂屋』である。

「盗まれたのはたしか、二千両余りだったな」

大きな太物問屋だけに、二千両盗まれた程度で身代がかたむくことはないものの、主人夫婦はじめ家人や奉公人の多くが無惨にも殺められ、生き残った一人娘が気丈にも店を建てなおそうとしていた。

又兵衛は躊躇いつつも身分を明かし、娘に会うことができた。

そして、幸先の良いことに、くちなわの権蔵が捻りだしたとおもわれる和歌を手に入れたのである。

護符そのものは消失しており、しっかり者の娘が咄嗟に書き留めたものだ。

――堀川にひらよつめゆいひるがえし、我が世の春と笑わば笑え。

白い木綿の端布には、滲んだ文字でそう書かれてあった。

「まったく、意味するところはわかりません。でも、これを書いた盗人が憎くてたまらない。お役人さま、どうか両親と巻き添えになった奉公人たちの恨みを……どうかどうか、お晴らしくださりませ。何卒、お願い申しあげます」

娘は噎び泣き、畳に両手をついた。

あらためて聞けば、凶事のあった日以来、町奉行所の役人はひとりも訪れていないという。ろくな探索もせぬことに娘は怒りを感じたが、押しこみに遭ったほうにも落ち度はあるのだと自分に言い聞かせ、毎朝毎夜、くちなわ一味が捕まってほしいと仏壇に祈ることしかできなかった。

そうした折に訪れたので、娘にとって又兵衛は救いの神にもみえたらしい。

ずんと重い荷を背負わされた気分になったが、懸命に探索することを約束し、木綿の端布を貰って店に背を向けた。

その足で向かったのは北新堀、彼岸過ぎに蔵荒らしに見舞われた『十州屋』である。

塩俵を荷揚げする河岸が、箱崎の崩橋を渡ったさきから霊岸島新堀に沿って永代橋の西詰めまでつづいている。襲われたのが八丁堀から目と鼻のさきの店だけに、威信を傷つけられたと憤慨する捕り方も多かった。

「憤るだけで、いっこうに行動を起こさぬ。それが役人の悪癖かもしれぬな」

又兵衛はひとりごち、河岸を右手にみながら、堀川に沿って散策するように歩きはじめる。

堀川には下塩を積んだ荷船が行き交っていた。いずれも、沖に碇泊している塩船から下ろした積み荷であろう。塩船は瀬戸内を囲む十州から、遠州灘経由で運ばれてくる。下塩問屋は廻船問屋を兼ねており、四軒にかぎられているため、いずれも広大な敷地を有し、一階部分は船入の設えになっていた。

盗まれたのは五千両余りと聞いていたが、やはり、その程度では『十州屋』も身代は揺るがない。ただし、こちらも主人夫婦や多くの奉公人を殺められており、屋敷にはまだ抹香臭さが漂っている。

それでも、奉公人や人足たちが忙しなく立ち働いているので、又兵衛は敷居をまたぐのを躊躇った。

舟寄せにはちょうど、塩俵を満載にした荷船が着いたところだ。

船首にひるがえる幟をみれば、中心に穴の開いた四角を縦横四つ均等に並べた家紋が描かれている。

「あっ」

おもわず、声をあげてしまった。

懐中から白い布切れを取りだしてみる。

「堀川にひらよつめゆいひるがえし……ひらよつめゆいとは、家紋のことか」

平四つ目結紋は紛れもなく、讃岐国丸亀藩（五万一千石）を治める京極家の家紋であった。

「讃岐といえば、讃岐屋」

三番目に襲われた薬種問屋の屋号にほかならず、又兵衛も凄惨な情況を目の当たりにしている。

「堀川にひらよつめゆいひるがえし、我が世の春と笑わば笑え」

もう一度、太物問屋の娘に託された和歌を口に出して詠んでみた。

上の句はまさしく、又兵衛が今みている風景にほかならない。

くちなわの権蔵も、同じ風景をみていたのではあるまいか。

我が世の春を謳歌している下塩問屋に、笑っているのは今のうちだぞと、ふてぶてしくもうそぶいたにちがいない。

そして、和歌のなかに襲うさきを連想させることばを隠した。

何故かはわからぬ。みずからの悪党ぶりを誇示しようとしたのか、それとも、捕り方をからかうつもりだったのか、たぶん、両方であろう。

ほかのふたつ、下塩問屋と薬種問屋に残された和歌も検証してみねばなるまい。

下塩問屋に貼られていた句は、廻り同心の桑山大悟から教えてもらった。

「捕り方の間抜け面みて腹抱え、笹かづき交わす梅見のうたげ」

盃を笹かづきとあやまって書いたせいで、字余りになった。間抜けな歌だと、桑山は嘲った。

はたして、そうなのか。

やはり、注目すべきは「笹かづき」の部分であろう。

「ささかづき、さの字を抜けば、さかづきになる。さの字を抜く……さ抜き、さぬき、讃岐、あっ」

わかった。権蔵は捕り方を蔑む歌のなかに、つぎに襲う『讃岐屋』の屋号をさりげなく隠しておいたのだ。

興奮の余り、喉が渇いてくる。

いよいよ、薬種問屋に貼られていた三番目の和歌だ。

「追いかけて渡り去る橋逃げ水の、縄打つことは夢のまた夢」

白蛇の護符をみずとも、又兵衛は諳んじることができた。

はたして、このなかに店の屋号が隠されているのかどうか。

「去るは猿、太閤秀吉の辞世。下の句は、なにわのことは夢のまた夢……ん、なにわ、難波屋か」

そうかもしれない。だが、江戸市中に『難波屋』はいくらでもある。

せめて、何の商売かだけでも絞れぬものかと考えつつ、又兵衛は堀川からゆっくり離れていった。

六

凶賊のすがたが、徐々に輪郭をあらわしつつある。

又兵衛は二日後の七日、隻眼の侍との再会をはかるべく、一ツ目弁天門前の水茶屋に向かった。

――ごおん。

暮れ六つ（午後六時頃）の鐘が鳴っても、待ち人はやってこない。

やはり、無駄足であったか。

少し粘って腰をあげかけたとき、ほっぺたの赤い娘に声を掛けられた。

「あの、一刻（約二時間）ほどまえ、黒い眼帯のお侍がおみえになり、これを。暮れ六つを過ぎたら渡せと言われておりましたもので……すみません、黙っていて」

差しだされた短冊には、達筆な字で和歌が書かれている。

――取り逃がす糞役人の間抜け面、夢みるさきに浮かぶ島影。

目を釘付けにされた。

みずからを「権俵権之助」と名乗ったあの男、やはり、くちなわの権蔵なのだ。しかも、こちらの正体を「糞役人」の仲間と見破っている。見破ったうえで和歌のやりとりを受けたとすれば、尋常ならざる胆力の持ち主と考えてしかるべきだろう。

じつは、又兵衛も和歌をひとつ捻ってはきた。

――くちなわは非道かさねて逃れゆく、行きつくさきは地獄なりけり。

面と向かって突きつけてやろうと目論んでいたが、どうやら、相手のほうが一枚上手だったらしい。

口惜しさとあきらめの入りまじった感情を抱きつつ、門前の水茶屋をあとにした。

向かったさきは常盤町、長元坊のところだ。

戸を開けると、笑い声が聞こえてきた。

酒を酌みかわしている相手は、何と卯八である。

何かあったら常盤町の療治所を訪ねろとは伝えたが、ふたりで酒盛りをしているとはおもわなかった。

「おう、来たな。ご覧のとおり、卯八とはすっかり意気投合しちまってな」

又兵衛も大小を抜いて座り、盃に注がれた安酒を呑む。

「ほれ、駆けつけ三杯」

長元坊に煽られ、調子に乗って盃を空けた。

四杯目からはぐい呑みに入れかえ、ちびちびと嘗めはじめる。

「あいかわらず鰹はねえが、房総の伊佐木でこしらえた水膾があるぜ」

新鮮な伊佐木の身を叩き、紫蘇や生姜などの薬味と合わせ、冷えた味噌汁にぶちこんだ代物らしい。

小腹が空いていたので、かっこむとこれがことのほか美味かった。

「な、そうだろう。伊佐木はとっつぁんの土産だ。へへ、盗んできたんじゃねえぜ。夕河岸でちゃんと仕入れてきたのさ」

腹ができたところで、権蔵らしき男が詠んだ和歌を披露する。

「ふうん、和歌の素養があるとは、恐れ入谷の鬼子母神だな。そういえば、丸亀藩の中間部屋から、おもしれえはなしを仕入れてきたぜ。こいつはまだ、卯八のとっつぁんにも喋ってねえはなしだ」

長元坊は顔を寄せ、にんまり笑いかけてくる。

「じつはな、権俵権之助って野郎がいたんだよ」

「えっ」

「驚いたか。へへ、嘘みてえなはなしさ。しかも、そいつ半年前まで、丸亀藩の剣術指南役だったらしいぜ」

藩の御留流として知られる直清流の遣い手で、左八相構えからの逆袈裟を得意としていた。一介の浪人から仕官がかなったほどの実力者でもあり、弟子たちの評判も上々だったが、如何せん酒癖が悪く、酒席で上役を傷つけて出奔してしまったのだという。

「酒席には、御用頼みの町奉行所与力も呼ばれていた。与力は刀を抜き、権俵の左目を斬ったそうだ。おめえの言う隻眼侍とも風体は一致する。権俵は出奔しても江戸に留まり、何の因果か、人の道を外しちまったのさ」

卯八が横から口を挟む。

「そいつはたぶん、鬢反りの伊平と出会ったからにちげえねえ」

「鬢反りだと」

長元坊は水艙の椀を抱え、ずるっとひと啜りする。

卯八はごくっと唾を呑み、はなしをつづけた。

「伊平のやつは、太い鬢の先が反り返えっておりやす。塩商いは荒っぽい商売なんで、強面の番頭がいてもおかしかねえ。でも、伊平のやつは正真正銘の悪党でやした」

一年ほどまえから笊塩問屋の番頭に化けているが、上方では知らぬ者もいないほどの盗人だったという。

「おめえ、そんなはなしを誰に聞いた」

長元坊にぎろりと睨まれ、卯八は首を引っこめる。

「蛇の道はへび、くちなわ一味のことは、闇のほうでもたいそうな噂になっておりやしてね」

「ふうん、まあいいや」

卯八によれば、伊平の仲間は七、八人ほどいるらしい。

「上方から不案内な江戸へやってきて、ひとはたらきしようとおもっていたやさき、権俵っていう腕の立つ侍と知りあいになった。おおかた、丸亀藩の道場には御用達の子弟なんぞも交じっていたのでしょう」

「なるほど」

と、長元坊は膝を打つ。

「くちなわ一味が押し入ったさきは、三カ所とも丸亀藩の御用達だ。権俵なら御用達の子弟たちから、店の内情を聞きだすことはできる。つまり、勝手がわかっているさきを狙った」

「長元坊さんの読みどおりにござんしょう」

卯八は何度もうなずき、さりげなく漏らす。

「押しこんださきで扱う品物にご注目くだせえ。最初が綿、つぎが塩、そして三番目が砂糖。いずれも白、いわば、讃岐三白ってやつで」

「そうか」

即座に、又兵衛が反応する。

「綿、塩、砂糖とくれば、つぎはまた綿かもしれぬ。されど、ふたたび、大伝馬町の太物問屋が狙われるとはおもえぬ」

「お待ちを。そういえば、虎ノ御門のそばに太物問屋が何軒かあったような」

宙をみつめる卯八に向かって、長元坊がたたみかける。

「虎ノ御門といえば、丸亀藩の上屋敷があんじゃねえか。絵図だ絵図、その辺りに切絵図があったはずだぞ」

又兵衛が立ちあがって切絵図を探しだし、畳のうえに広げてみせた。

大名屋敷の集まる愛宕下から虎ノ御門へ、さらに、幸橋御門のほうへ目先を移していく。

「三軒あるな。淡路屋、近江屋……おっ、あった」

二軒から半町（約五十五メートル）ほど離れた角にある太物問屋こそが『難波屋』だった。

調べればすぐにわかるであろう。十中八九、丸亀藩の御用達にちがいない。

「ふへへ、悪党どものつぎの狙いがわかったぜ」

長元坊と卯八が、興奮の面持ちで口を揃えた。

「さあて、こっからが本題だ。又よ、どうする」

急いで酒を呑みすぎたせいか、酔いがまわってきた。

いくら考えても、妙案は浮かんでこない。

その代わり、和歌がひとつ口を衝いて出た。

「ひとつ目の弁天さまに願掛けす、一網打尽くちなわ一味」

「なんだそりゃ」

長元坊と卯八が呆れてみせる。

翌朝、又兵衛はこの和歌を短冊にしたため、奉行所へ携えていった。

偶さか廊下で出会した内与力の沢尻玄蕃を呼びとめ、恐れながらと短冊を差しだしたのである。

「これは何じゃ」

素っ気なく言われ、短冊を突っ返された。

「仰せになった虫封じの和歌にござりますが」

泣きそうな顔で食いさがっても、沢尻は首を捻る。

七日前に申しつけたことを忘れてしまったのだろう。

御用部屋に戻って中村角馬に尋ねても、上から虫封じの和歌を詠めなどというお達しはないという。

「まことか」

梯子（はしご）を外されるとは、まさにこのことかもしれぬ。

又兵衛は憮然（ぶぜん）として、怒りの持って行き場を探しあぐねた。

和歌には、みなで一致団結して凶悪な盗人一味を捕縛（ほばく）しましょうと、暗に訴えかける意味を込めていた。沢尻に意味を質（ただ）されたら、一味のつぎの狙いが芝口の太物問屋であることを告げてもよいとおもったのだ。

が、その気持ちも萎えてしまった。

やはり、南町奉行所のなかに頼るべき相手はいないのか。

こうなれば、自分たちだけでどうにかするしかなかろう。

だが、追いこまれて冷静さを失えば、無謀な策しか講じられなくなる。

まさしく、そうなりつつあることに、又兵衛は苛立ちをおぼえていた。

七

又兵衛にとって、小名木川は馴染みの風景でもあった。

翌日は非番だったので、久方ぶりに小舟で新高橋のさきまでやってきたのだ。大横川と交わる猿江河岸で陸にあがり、摩利支天宮の門前から猿江裏町の露地裏へ向かう。

朽ちかけた屋敷の門前に立ち、外された看板の痕跡をみつめた。

三年前までは「香取神道流　小見川道場」という看板がまだ掛かっていた。

又兵衛は最後に残った弟子にほかならず、道場主の小見川一心斎から「道場を継いでほしい」と請われたものの、どう考えても町奉行所の与力とは両立できぬので断った。

一心斎は敬うべき師匠だが、生きることへの執着が強すぎる。還暦を疾うに過ぎているにもかかわらず、呑む打つ買うの三道楽煩悩から解きはなたれずにいた。会えば金の無心をされるため、つい足が遠退いてしまったのだ。

それでも、年に一度くらいは無性に顔を拝みたくなる。

一升徳利と茄子の浅漬けを携え、又兵衛は門を潜った。

庭の手入れはされておらず、名も知らぬ雑草が花を咲かせている。

道場の入口は薄暗く、敷居をまたいだ途端、黴臭さに顔をしかめねばならなかった。

「生きておろうか」

少しばかり心配になり、雪駄を脱いで板の間へあがる。

――みしっ。

床の軋みに応じるかのように、奥からゆらりと人影があらわれた。

「おう、又兵衛か」

一心斎である。頭髪も髭も白い仙人にしかみえない。

一年前に会ったときよりも、十は老けこんでいよう。

「先生、ご無沙汰しております」

「そうじゃな、十年ぶりか」

「ご冗談を、一年前にもまいりましたぞ」

「年を取ると、一年が十年にも感じられてな。ほう、それは何じゃ」

「灘の富士見酒にございます。茄子の浅漬けを肴に一献いかがかと」

「ぬひゃひゃ、これはまためずらしいこともあるものじゃ。まあ、あがれ。ここはおぬしの故郷じゃ」

そう言われれば、嬉しい気分にもなる。又兵衛は安堵した。

一心斎の矍鑠とした足取りをみて、ささくれ立った畳に座る。夜具を除けば家財らしきものはない。

奥の部屋に導かれ、殺風景な部屋だが、床の間には太い字で「無我無心」と書かれた軸が掛っている。たしか、一年前の軸には「生死岸頭」と書かれてあった。

「弟子はおらずとも、軸だけはきちんと替えておるのよ」

「なるほど」

ぐい呑みに酒を注いでやると、一心斎は我慢できずに唇を近づけた。

こくっとひとくち呑み、恵比寿のように微笑を浮かべる。

「これじゃ、こくといい、まろやかさといい、下り酒はこうでなくてはならぬ」

そして、すきっ歯で茄子を囓る。

「くふっ、塩梅がちょうどよい」

一杯目を呑み、二杯目に口をつけ、一心斎はおもむろに発した。

「ところで、何しにまいった」

「えっ」

「とぼけてもわかるぞ。悩み事を抱えておるのであろう」

「はあ」

又兵衛はぐい呑みを置き、襟を正す。

「じつは、逆袈裟の受けをご指南いただきたく、伺いました」

「受けじゃと、莫迦者め、わが流派の要諦を忘れたのか」

「はっ」

「受けずに斬る。剣の錬りどころは、ただそれのみじゃ」

忘れていたわけではない。だが、あくまでも、それは手の届かぬ高みに掲げられた理想にすぎぬ。受けずに斬るのは気構えのことであって、又兵衛が指南してほしいのは逆袈裟に応じた細かい動きや返し技のことなのだ。

一心斎はいつも、簡潔に核心だけを衝いてくる。

「そやつを斬るのか」

「まだ、わかりませぬ」

「斬る決心がつかぬなら、止めておけ。あたら斬られにいくようなものじゃ。おぬしが死ねば、美味い酒も呑めぬようになる」

おそらく、それが師匠から聞きたい台詞だったのかもしれない。

又兵衛は刀を抜く覚悟を決めるために、ここへやってきたのだ。

「されば、そろりとお暇を」

「もう、行くのか」

「はい」

「少し待てぬか。おぬしに会わせたいおなごがおる」

おなごと聞いて、溜息を吐きたくなった。来るたびに、見合いの相手を紹介しようとするのだ。それも足が遠退いた理由のひとつであった。

「遠慮いたすな。どうせ、まだ独り身なのじゃろう」

「それはまあ、そうですが」

「名は静香と申してな、静御前のごとく清楚で、やんごとなきおなごじゃ。いろいろ事情があってな、大身旗本の娘であったが、家が改易となって市井のおなごになった。年は若いぞ。たしか、二十四じゃ。ふっくらした可愛らしい面立ちでな、おぬしも一度みればかならず気に入るにちがいない」

静香なる娘は数日に一度は道場を訪れ、夕餉の仕度やら何やらをしてくれるという。

「いったい、何処でお知りあいになったのです」

うっかり、又兵衛は聞いてしまった。

得たりとばかりに、一心斎は応じる。

「永代寺門前の料理茶屋じゃ。屋号は瓢箪亭と言うたかな、偶さか主人に剣術を指南してやったのよ。そうしたら、みたこともない高価な膳を振るまわれてな、そのとき、給仕をしてくれたのが静香という娘じゃった。静香はな、敷居の高い料理茶屋で賄いの手伝いをしておるのよ」

又兵衛が渋い顔をすると、一心斎は慌てて首を振る。

「春なぞ売っておらぬぞ。静香はけっして、ふしだらなおなごではない。痒いところに手が届くおなごゆえ、偏屈なおぬしにはちょうどよいとおもうたのじゃ」

「お待ちを。それ以上は聞きとうありませぬ。されば、これにて」

去りかける背中に、未練がましい声が掛かる。

「近々、八丁堀を訪ねさせよう。静香を目にすれば、きっとおぬしの気も変わる」

「無駄骨に終わりましょうから、勝手に寄こさぬようにお願いいたします。では」

逃げるように板の間を突っ切り、雪駄を履いて門の外へ飛びだす。

くちなわの権蔵を斬るという覚悟が、薄められたような気になった。

栈橋には行かず、そのまま猿江橋、新高橋と渡って、小名木川の対岸から海辺新田の霊巌寺へ向かう。

門前の水茶屋で正午に、卯八と待ち合わせをしているのだ。

約束の正午までは、まだ半刻（約一時間）もあった。手合わせをしてもらえなかったので、おもったよりもずいぶん早く出てきてしまったのだ。

「まあよかろう」

門前の茶屋に着いてみると、やはり、卯八のすがたはなかった。

赤い毛氈の敷かれた床几に腰を下ろし、参道の向こうに「お六団子」と書かれた幟をみる。

ちょうど見世先へ、赤子を負ぶった若い女将が出てきた。

おろくだ。

こちらのすがたを目に留め、軽くお辞儀をする。

美味いと評判の団子でも食うか。

又兵衛は腰をあげ、参道を斜めに横切った。

おろくは待ちかまえており、親しげに微笑む。

右目の端に、波銭大の痣があるのに気づいた。

見世の奥を覗けば、実直そうな旦那が団子を捏ねている。

客も何人かあった。遠目で気づかなかったが、袈裟衣を纏った僧も茶を啜っている。

「霊巌寺のご住職ですよ」

おろくが気軽に声を掛けてきた。

「毎日、お団子を食べに来られます」

「ほう、そうなのか」

「年端もいかぬわたしを育ててくれたお方なのです」

「えっ」

「二十二年もむかしのはなしですが、わたし、お寺に預けられたんです。預けてくれたお方はご住職に一分金を渡して、これで何とかしてほしい、この子を生かしてやってほしいと、地べたに額ずいたそうです。たぶん、おとっつぁんじゃないけど、わたし、そのお方に命を救われたんだって、今でもそうおもっております……」

どう応じたらよいのかわからず、又兵衛は戸惑った。

「……すみません。どうして、こんなはなしをしているんだろう。先日、向こうの水茶屋におられましたよね。おはなしされておられたお連れのお方、月に何度かあそこに座って、こちらを飽くこともなく眺めておられる。でも、けっして、こちらにはいらっしゃらない。何でかなって、いつもおもっているのです。ひょっとしたら、わたしを救ってくだすったお方なんじゃないかって……そんなわけ、ありませんよね」

潤(うる)んだ目でみつめられ、又兵衛は何か言いかけた。

突如(とつじょ)、むずかっていた赤子が泣きだす。

「おお、よしよし」

おろくは赤子をあやしながら、見世の奥へと消えてしまう。

又兵衛はその後ろ姿を見送り、名物の団子も買わずに踵(きびす)を返した。

八

約束の正午を過ぎても、卯八はあらわれなかった。

しばらく待ってみたが、又兵衛はあきらめて霊巌寺の山門と『お六茶屋』に背を向けた。詮方なく、永代橋を渡って霊岸島へ向かい、八丁堀の屋敷には戻らずに長元坊のもとへ足を延ばす。

夜の帳も下り、案じながら待っていると、卯八が息を切らせて飛びこんできた。

「平手さま、わかりやした。押しこむ日取りがわかりやした」

興奮の面持ちで叫び、草履のままで床にあがってくる。

「おいおい、落ちつけ」

長元坊に宥められ、卯八は我に返った。

朝からずっと、笊塩問屋の蔵に潜んでいたのだという。

正午の鐘で又兵衛との約束をおもいだし、蔵から出ようとしたところへ、ふたりの気配が近づいてきた。

最初に聞こえたのは、紛れもなく伊平の声だ。

卯八は縮こまり、耳に全神経を集中させた。

「潜らせた猫から連絡がありやした。明後日にごぜえやす。その日を逃したら、半年先になっちまう」

すぐさま、くちなわの権蔵のものとおぼしき少し嗄れた低い声が聞こえてきた。

「蔵に集まる冥加金は、どれほどになる」

「少なく見積もっても二万両」

「大仕事だな」

「へへ、さっそく、人を集めやす」

「おお、そうしてくれ」

「明後日の夜は、子ノ刻（午前零時頃）でよろしゅうござんすね」

「ふむ、心して掛かれよ、讃岐屋の轍は二度と踏むな」

そうした会話を聞きながら、卯八は噴きだす汗を止められなくなったという。

――明後日子ノ刻、幸橋御門そばの難波屋。

これだけ正確なはなしを仕入れた以上、やはり、捕り方を動かさぬ手はない。

又兵衛は思案のすえ、定石どおり、まずは中村角馬の指図を仰ぐことにした。

卯八の素姓はあきらかにせず、塩売りの行商から訴えがあり、偶さかその場に居合わせた又兵衛が取り次いだことにすれば、上の連中も不審は抱くまい。

もちろん、捕り方を動かしてもらえるかどうかはわからない。

それでも、翌朝、又兵衛は覚悟を決め、中村に事情をはなしたのである。

「余計なことをしてくれたな」

それが先達の第一声だった。

「何故、吟味方なりに繋ごうとせなんだ。例繰方がしゃしゃり出る幕ではないぞ」

さんざん愚痴を吐いたものの、訴えを聞いた以上、上にあげぬわけにはいかない。

しばらく部屋で待っていると、中村が渋い顔で戻ってきた。

「吟味方の永倉さまに申しあげたところ、一笑に付されたぞ」

「えっ、どういうことにござりましょう」

「似たような訴えが、毎日のようにあるそうだ。捕り方の数はかぎられておるゆえ、いちいち人を割いておられぬというはなしでな」

「すると、ひとりも向かわせてはもらえぬと」

「まあ、そういうことになる」

中村の訴え方も弱かったにちがいない。たしかに、捕り方の負担を避けたいのはわからぬではないが、例繰方のはなしなど歯牙にも掛けぬ吟味方の横柄さが壁となって出役を阻んでいるとしかおもえなかった。

「困りましたな。まんがいち、難波屋が襲われたら、鬼左近、いや、永倉さまはどのように言い訳なさるおつもりでしょうか」

中村は憤慨する。

「おぬし、鬼左近に面と向かって、さようなことが言えるのか。それほど捕り方を動かしてほしくば、内与力の沢尻さまにでもご相談申しあげたらどうだ」

うっかり口を滑らせたとおもったのか、中村は押し黙る。

「かしこまりました。そういたしましょう」

又兵衛はあっさり応じ、部屋から出ていこうとする。

「おい、待て。本気で訴えるつもりか」

「いけませぬか。すすめたのは、中村さまでござる」

「平手よ、いったい、どうしたのだ。おぬし、そこまで熱い男ではなかろう」

「別に、熱くなってはおりませぬ。塩売りの訴えを聞いてしまった以上、まがりなりにも町奉行所の与力として、捨て置くわけにはまいりませぬ」

「頭の固い男よのう」

「それが取り柄にござる。では」

中村の溜息を背中で聞きながら、又兵衛は廊下に踏みだす。

内与力の部屋へ向かう途中で、苦手な相手に出会した。

年番方与力の「山忠」こと、山田忠左衛門である。

「おっ、またおぬしか。向かうさきは、内与力のところじゃな。ふん、すっかり番犬になりさがりおって」

皮肉を言われ、かちんとくる。が、顔には出さず、冷静に応じた。

「山田さま、じつはおはなしがござります」

「何じゃ、あらたまって」

又兵衛は威儀を正し、くちなわの権蔵一味に関して塩売りから訴えを取り次いだ経緯を告げた。

「先達の中村さまを通じて、吟味方与力の永倉さまにはご報告申しあげました。されども、捕り方の手は割けぬとのおはなしゆえ、中村さまのお指図もあり、内与力の沢尻さまにお願いたてまつろうかとおもい、今から参じるところにござります」

「ふうん。まあ、難しいとおもうが、頼むだけ頼んでみることじゃな」

「はっ。されど、山田さまのお口添えさえあれば、捕り方の十や二十、その指ひとつで動かすことはできましょうから、別段、沢尻さまのもとへお願いに参じる手間もなくなります」

「何じゃと。おぬし、手間を省(はぶ)くために、わしを使う気か」

「いいえ、そういう意味では」

「怪(け)しからんやつだな。たしかに、このわしが命じれば、捕り方の十や二十、いや、三十や四十はすぐさま動かすこともできよう。されど、おぬしの態度は日頃から気に食わぬ。そもそも、盆暮れの挨拶にも来ぬ無礼者の願いを聞かねばならぬ道理はない」

きっぱりと言われ、あきらめもついた。

憤る山忠をやり過ごし、又兵衛は廊下の奥へ進む。

いよいよ、最後の砦(とりで)だ。

沢尻も駄目なら、自分たちで何とかしなければならなくなる。

襖のまえに立ち、又兵衛は朗々(ろうろう)と声を発した。

「例繰方の平手又兵衛にござります。今朝方、くちなわの権蔵一味に関わる訴えがござりました」

沢尻も権蔵一味の凶悪ぶりを知らぬはずはない。

「はいれ」

重々しい声が返ってくる。

又兵衛は襖を開け、部屋に一歩踏みこんだ。

襖を閉め、その場に平伏す。

沢尻は不機嫌な声で言った。

「何じゃ、忙しいゆえ、簡潔に申せ」

「はは、されば。塩売りの訴えによれば、明晩子ノ刻、幸橋御門そばの難波屋なる太物問屋に押し入るとの由にございます」

又兵衛が焦ったふうを装うと、沢尻は眉に唾を付けながらも身を乗りだしてくる。

「それがまことなら、捕り方総出で向かわせねばなるまい」

「はっ」

「なれど、信じてよいのか。訴人は塩売りと申したな。そやつはいったい、何処でさようなはなしを仕入れてきたのだ」

又兵衛が首をかしげると、沢尻は「ふん」と鼻を鳴らす。

「信用できぬ訴えならば、捕り方を動かすわけにはまいらぬぞ」

「吟味方与力の永倉さまも、さように仰いました」

「永倉にも告げたのか。まあ、順序からいけばそうなろうな。それで、困ったあげく、わしのもとへまいったというわけか」

「恐れながら、仰せのとおりにござります」

「窮鳥懐に入れば猟師も殺さず、という諺もある。せっかく頼ってきたおぬしを助けたいのは山々じゃが、まんがいちにも空振りに終われば、わしがとんだ笑いものになる。間抜けな例繰方与力の又聞きを信じ、安直な判断を下したとな。爾後、誰もがわしを軽んじるようになろう」

「されば、動かしてはいただけぬと」

「そうは申しておらぬ。まんがいちにも塩売りの訴えが正しかったあかつきには、御奉行からきついお叱りを受けよう」

のらりくらりと喋りながら、沢尻は落としどころを考えている。

「よし、おぬしが行け」

「えっ」

「さっそく、難波屋へおもむき、明晩のことを伝えよ。いや、待て。盗人はかならず、押しこむさきに仲間を潜りこませておくとも聞く。妙な動きをすれば、敵らず、難波屋へは行くな。ただし、明晩、おぬしはかなえ、近くの番屋へ向かえ。わしのほうで選りすぐった捕り方を差しむけるゆえ、おぬしが指揮を執るのだ」

「お待ちを。それがしは例繰方ゆえ、立場上、出役の指揮を執ることはかないませぬ」

「そうじゃな。例繰方の与力が指揮を執るのは、誰が考えてもおかしなはなしじゃ。さりとて、気軽に行ってくれそうな与力はほかにおらぬ。よし、特別に許すゆえ、わしの名代として向かえ」

みずから出張ってくればよいのに、沢尻にその気はなさそうだ。

おそらく、十中八九、空振りに終わると踏んでいるのであろう。

「おぬし、捕り物はできるのか」

「いいえ、できませぬ」

「ならば、無理をするな。まんがいちのときは、わしの差しむけた連中に任せておけ。おぬしは名代ゆえ、そこにはおらぬ幽霊のごときものと心得よ」

「幽霊にござりますか」

「嫌か」

「いえ、仰せのとおりにいたします」

内与力の「名代」とは、ずいぶん小賢しい手をおもいついたものだ。

空振りならば、何もなかったような顔で戻ってくればよい。ただし、一味と遭遇して捕縛できたら「幽霊」になれという。要するに、手柄はすべて自分のものにするつもりなのであろう。

ともあれ、禄を頂戴する町奉行所の与力として、やるべき段取りは踏んだ。

あとは明晩、くちなわの権蔵と決着をつけるだけのこと。又兵衛は父から受け継いだ「兼定」の手入れをしておかねばなるまいとおもった。

九

翌晩、又兵衛は芝口へ向かい、幸橋御門そばの自身番に身を隠した。

頼りになる長元坊は卯八とともに、自身番から目と鼻のさきに建つ難波屋を見張っている。

沢尻が寄こすはずの「選りすぐった捕り方」は、いまだ、すがたをみせていない。

番屋のなかには、老いた岡っ引きと木偶の坊の番太郎しかいなかった。

くちなわ一味が来るものと確信してはいたが、唯一の不安は難波屋に冥加金として納める金が集まってくる様子のないことだ。

卯八の聞いたはなしでは「少なく見積もっても二万両」におよぶ金が、今宵、難波屋の蔵へ集められるという。しかも、今宵を逃せば半年先になるので、一味があきらめるはずはないものと見込んでいた。

ところが、長元坊が揉み療治を頼まれたと偽って店に潜り、主人や番頭にさりげなく探りを入れても、冥加金が集まってくるというはなしは聞けなかった。極秘にしているからだとみずからに言い聞かせても、又兵衛は一抹の不安を拭えない。

懐中から白蛇の護符と短冊を取りだしては、書かれた和歌に何度も目を走らせる。

――追いかけて渡り去る橋逃げ水の、縄打つことは夢のまた夢。

――取り逃がす糞役人の間抜け面、夢みるさきに浮かぶ島影。

護符のほうは朔日の夜、薬種問屋の讃岐屋でみつかったものだ。一方、短冊に書かれた和歌は、それから六日後、くちなわの権蔵とおぼしき男が又兵衛とのやりとりのなかで詠んだものである。

執拗なまでに和歌を詠み、捕り方を挑発してみせるのは、御用頼みの町奉行所与力に左目を斬られた恨みからだろう。

ともあれ、ふたつの和歌には「夢」という字が使われている。意味合いからいって、捕り方のみる夢、すなわち、一味を捕らえることは夢のごときものだと揶揄しているようにも受けとられた。

意味がよくわからないのは、短冊に書かれた「夢みるさきに浮かぶ島影」という下の句だ。

権蔵はいったい、どのような景色をみているのか。

一番最後に詠まれた句が、何か重要なことを仄めかしているのではないか。

みればみるほどそんな気がしてきて、胸騒ぎを禁じ得なくなってしまう。

落ちつかない気持ちでいると、着流しの同心がひょっこり訪ねてきた。

何処かでみた顔だ。

「あっ、おぬし、でえごか」

白蛇の護符を寄こした張本人、桑山大悟にほかならない。

「上から命じられてまいりました。例繰方の平手さまで……あれ、何処かでお会いしましたっけ」

とぼけているのか、本気なのか、よくわからない。役に立つ男かどうかも判断できないが、少なくとも内与力の沢尻が「選りすぐった捕り方」にはおもえなかった。

「まさか、おぬしが寄こされるとはな。それで、何人連れてきた」

「小者を五人ほど、外に待たせてございますが」

「番屋に入れろ。一味に勘づかれるぞ」

「されど、われわれだけでも四人。さらに五人増えれば、四畳半のなかで息ができぬようになります」

間の抜けたやりとりをしていると、長元坊と卯八が戻ってくる。

桑山はぎろりと目を剝いた。目下の者と察すれば、途端に横柄な態度に変わる。廻り方とは、そういうものだ。

又兵衛は苦笑する。

「そのふたりは仲間だ。五人どころか、七人に増えたな」

「ぜんぶで、十一人になります。それでも、なかに入れますか」

「とりあえず、入れてみよう」

桑山は辟易としながらも、外で待機する連中に指示を出す。

捕り方装束の小者たちが、ぞろぞろ番屋のなかにはいってきた。

残らず番屋に入れてしまえば、鮨詰め（すしづ）の状態にならざるを得ない。

「こいつはたまらねえ。又よ、どうにかしろ」

長元坊に文句を言われ、小者たちを番屋の裏へ待機させることにした。

ついでに、木偶の坊の番太郎も外に出したので、番屋のなかには又兵衛と桑山、長元坊と卯八、それから老いた岡っ引きだけになる。それでも、狭く感じられた。

「どうだった」

又兵衛の問いに、長元坊は首を振る。

「気配もねえぜ。子ノ刻まで、あと半刻足らずか」

「先生、もうちょっと粘ってみましょう」

卯八に「先生」と持ちあげられ、長元坊はまんざらでもない顔でふたたび見張りにおもむく。

「無駄骨だとおもいますがね」

ぼそっと、桑山がこぼした。

やる気の無い面を撲り（なぐ）たくなってくる。

何よりも許せぬのは、桑山なんぞを寄こした町奉行所の姿勢だ。自分も同じ穴の狢なのかとおもえば、やりきれない気分になる。

ともあれ、子ノ刻は近づいていた。

盗人どもには都合よく、月は叢雲に隠れている。

「子ノ刻を過ぎたら、帰ってもよろしゅうございますか」

桑山が間抜け面を差しだしたので、又兵衛は三白眼に睨みつけた。

「くちなわの権蔵は来ぬと、おぬしはおもうておるのか」

「ええ、まあ」

「帰りたくば、十手をそこに置いていけ」

「どういうことにござりましょう」

「捕り方なんぞ辞めちまえ、ということさ」

気まずい沈黙が流れるなか、岡っ引きが茶を淹れてくれた。

又兵衛は出涸らしの茶を啜り、懐中から護符を取りだす。

「ほれ、おぬしに貰った白蛇の護符だ」

「はあ、そのようですな」

「追いかけて渡り去る橋逃げ水の、縄打つことは夢のまた夢。結びは太閤秀吉公の辞世だ。夢のまた夢とくれば、難波であろう」

桑山ははっとして、ぱんと膝を叩く。

「なるほど、それで難波屋か。もしや、くちなわの権蔵は、和歌のなかに押し入る店の屋号を隠しておったのでしょうか」

「でえごよ、やっとわかったか」

「ちと、期待できるやもしれませぬな」

「されば、こっちの和歌はどうおもう」

駄目元で短冊を手渡すと、桑山は声に出して和歌を詠んだ。

「取り逃がす糞役人の間抜け面、夢みるさきに浮かぶ島影……糞役人の間抜け面か、ふん、言いたい放題だな」

「わからぬのは、下の句のほうだ」

「ふうむ、夢のまた夢から繋がっておりますな。されど、浮かぶ島影というのが何なのか、さっぱりわかりませぬ」

そこへ、岡っ引きが何気なく口を挟む。

「難波からみて瀬戸内に浮かぶ島影となれば、淡路島にござんしょう」

「あっ」

心ノ臓を突かれた。

「くそっ、難波屋は囮だ」

又兵衛は吐きすて、番屋の外へ飛びだす。

「桑山、半町先に淡路屋がある。そっちが本命にちがいない。小者を連れ、裏口を固めておけ」

「はっ」

命じおいて踵を返し、難波屋のほうへ向かう。

長元坊と卯八が物陰から飛びだしてきた。

「又、血相変えてどうした」

「一味の狙いは淡路屋だ」

「何だと。くそっ、刻がねえぞ」

三人は必死に駆けたが、途中で卯八だけは後れを取った。

――ごおん。

子ノ刻を報せる鐘が鳴りはじめる。

息を切らして淡路屋の門前に着いてみると、店先の周辺は奇妙なほどに静まりかえっていた。

「こっちも空振りか」

長元坊が吐きすてたとき、店のなかで「ひっ」と女の悲鳴が響いた。

「いやがるぜ。又、どうする」

「踏みこもう」

一片の迷いもみせず、戸口へ走った。

手で押すと、脇の潜り戸が開いている。

又兵衛につづき、長元坊も内へ踏みこんだ。

壁のいたるところには、手燭が刺さっている。

盗人どもがやったのだろう。

廊下にあがり、足を忍ばせて奥へ向かう。

腰帯には愛刀の兼定と、銀流しの素十手を仕込んでいた。

一味の数すらもわからぬが、もはや、一刻の猶予もならぬ。

又兵衛は十手を抜き、後ろの長元坊と目顔でうなずき合った。

「すわっ」

廊下を駆けぬけ、家人の寝所へたどりつく。

「うわっ、誰だてめえ」

廊下で見張っていた一味のひとりが叫んだ。

又兵衛は黙然と迫り、十手を賊の肩口に叩きつける。

「ぎゃっ」

さらに、同じ柿色装束のふたりが部屋から飛びだしてきた。

ひとりは又兵衛が十手で昏倒させ、ひとりは長元坊が拳を腹に当てて悶絶させた。

「捕り方だ、逃げろ」

叫んだのは、束ね役の伊平であろうか。

柿色装束の四、五人が廊下に飛びだし、勝手口のほうへ向かう。

又兵衛と長元坊も、賊どもの背につられて追いかけた。

が、何かの気配を察し、又兵衛は途中で踏み留まる。

すると、ひとりだけ遅れて飛びだしてきた賊が、反対側の表口へ逃げていった。

「くっ、逃がすか」

首魁の権蔵にちがいない。

又兵衛は必死の形相で追いかけた。

十

表口から飛びだした途端、権蔵とおぼしき賊は何かに突っかかるように転んだ。

卯八と老いた岡っ引きが荒縄の端と端を持ち、賊の足を引っかけたのだ。

「ぬおっ」

起きあがった賊の面前には、木偶の坊の番太郎が立っていた。

力任せに刺股を振りまわした途端、賊の繰りだした一刀で長柄をまっぷたつにされてしまう。

「ひっ」

木偶の坊は尻餅をついた。

だが、三人の奮闘は無駄ではなかった。

又兵衛が潜り戸を抜け、外に躍りだしてきたのである。

「おい、権蔵。いや、権俵権之助、おぬしの相手はここにおるぞ」

振りむいた権俵は、頭巾をかなぐり捨てた。

隻眼が異様な光を帯びている。

叢雲の狭間から、月が顔を覗かせていた。

権俵は不敵に笑い、手にした刀を鞘に納める。

「やはり、おぬしが来たか。狙いは淡路屋と気づいたようだな」

「何故、和歌をしたためたのだ」

「ふふ、誘うてやったのよ。町奉行所の役人は、どいつもこいつも阿呆ばかりだ。されど、おぬしだけはちとちがった。一ツ目弁天の参道で呼びとめられたとき、抜き打ちにしかけたが、相討ちになるやもしれぬと察して止めた。この男とは、いずれやり合うことになるやもしれぬ。そうした勘がはたらいたゆえ、戯れ歌を詠んでやったのさ」

「墓穴を掘ったな」

「いいや、わしが有利なことは変わらぬ。みてみろ、捕り方らしき連中はおらぬではないか。おぬし、上に信用されておらぬのであろう。わしも宮仕えの身だったゆえ、ようわかる。阿呆な上役を持てば、苦労が絶えぬというはなしさ」

「酒席で傷つけた相手は、阿呆な上役だったのか」

「ああ、そうだ。御用頼みの与力どもも、生かしておいて損をしたわ」

又兵衛は愛刀の鯉口を握り、じりっと爪先を躙りよせた。

「出弁を余儀なくされたとは申せ、何故、人の道を外したのだ」

権俵も柄に手を添え、身構えながら応じる。

「人の道を外したのではない。阿漕な御用達どもをあの世へおくってやったまで」

「阿漕な御用達どもだと」

「さよう、襲った連中は藩の重臣と結託し、砂糖や塩や木綿の売買を一手に引き受け、とんでもない儲けをあげておった。毎晩、深川辺りの料理茶屋へ繰りだしては芸者をあげ、酒色に溺れ、どんちゃん騒ぎにうつつを抜かし、家の者には贅沢三昧をさせておったのだ。国許の領民が飲まず食わずで我慢しておるのを尻目にな」

「だからというて、女子どもや奉公人まで殺めてよいはずはなかろう」

「所詮、十手持ちにはわからぬ。ほかに聞きたいことがあれば、地獄の閻魔にでも聞けばよい。いずれにしろ、わしはおぬしを斬り、ここから逃げおおせるつもりだ」

又兵衛は、濃い眉をぐっと寄せる。

「逃げたら、また商家を襲うのか」

「襲うであろうな」

そのこたえを導きたかったのかもしれない。

一度でも道を外せば、容易く元へは戻ってこられぬ。それが人というものだ。

決心はついた。師である小見川一心斎のことばが、脳裏に甦ってくる。

──受けずに斬る。剣の錬りどころは、ただそれのみじゃ。

「されば、まいろうか」

権俵は半歩身を寄せ、三尺に近い剛刀を抜いた。

丸亀藩の剣術指南役までつとめた遣い手だけに、動きには一分の隙もない。

直清流の奥義は左八相構えからの逆袈裟、受けてしまえば一刀の威力を思い知ることになる。

受けずに斬るには、こちらも一撃必殺の奥義を繰りださねばなるまい。

又兵衛は刀を抜かぬまま、片膝を折敷いた。

相手からは、正座したかにみえたであろう。

「その構え、香取神道流の抜きつけか」

「ご名答」

言うが早いか、又兵衛はびゅんと跳ねる。

それは想像を超えた跳躍で、権俵も仰け反らねばならぬほどであった。

「ふん」

抜きつけの成否は、抜刀の妙技にかかっている。

又兵衛は中空で二尺八寸の兼定を抜き、刃は上に向けたまま、鋭利な切っ先を相手の喉もとに突きつけた。

「猪口才な」

権俵は左八相から、逆袈裟を繰りだしてくる。

上からかぶせるように叩きつけ、間髪を容れず、胸もとを狙って薙ぎあげる一手だ。

——きいん。

金音が響き、火花に睫毛を焼かれた。

が、又兵衛の兼定は切っ先を落とさない。

逆しまに撥ね返しつつ、相手の喉を貫いた。

——ぶしゅっ。

夥しい鮮血が噴きだしてくる。

地に降りても、又兵衛は敢えて返り血を避けようとしない。

頭や顔に血の雨を受け、斬った相手の熱を感じていた。
権俵は血を出しきり、ゆっくり地べたに倒れていく。
「ひぇっ」
岡っ引きと木偶の坊が、這いつくばって逃げようとした。
卯八だけは惚けたように、血達磨の又兵衛をみつめている。
だが、すぐさま我に返ると、壁際に走って水桶を運んできた。
「旦那、でえじょぶかい」
卯八は手拭いを水に浸し、顔についた血を拭ってくれた。
水は冷たく、心地よい。
地獄の底から救われたおもいだった。
又兵衛は屍骸から離れ、兼定を納刀する。
そこへ、長元坊たちが意気揚々とあらわれた。
先頭に立つのは、興奮の醒めやらぬ桑山大悟である。
「平手さま、やりましたぞ。賊どもを、ひとり残らず捕らえました」
鬢反りの伊平以下、七人の賊が縄に繋がれ、桑山の後ろにつづいていた。
小者たちが周囲を固め、突棒や袖搦みで賊どもを突っついている。

「平手さま、ご覧くだされ」

桑山が胸を張ってみせるのも無理はあるまい。

大捕り物のすえ、とんでもない手柄をあげたのだ。

「ふん、おめえは後ろで叫んでただけだろうが」

と、長元坊が唾を飛ばす。

「こいつらを痛めつけたのは、おれだろう。ほとんど、おれひとりでやったようなもんだ」

桑山が抗(あらが)おうとせぬところをみると、そのとおりなのだろう。

それでも又兵衛は、少しは役に立ってくれた廻り方の同心に手柄をくれてやるつもりでいた。

いや、手柄はおそらく、出張ってもこなかった沢尻玄蕃のものになるのだろう。

むしろ、そのほうがよいと、又兵衛はおもう。

例繰方の活躍が表沙汰(おもてざた)になれば、ほかの連中から嫉妬(しっと)を抱かれるだけのはなしだ。下手をすれば、外廻りの領分を荒らしたと、白い目を向けられるかもしれない。

余計な波風を立てぬのが利口なやり方、そのあたりは充分にわきまえている。

桑山にも噛んで含めるように説かねばなるまい。老いた岡っ引きにも、木偶の坊の番太郎にも、抜きつけの剣を使ったことは口止めせねばならぬ。地べたに転がった屍骸のことは忘れさせ、くちなわ一味の首魁はあくまでも鬢反りの伊平だと口裏を合わせるつもりでいた。

「それで、すべて丸く収まる」

又兵衛はみずからに言い聞かせ、震えの止まらぬ岡っ引きに向かって、屍骸を茶毘に付すようにと命じた。

やがて、店のなかから、家人や奉公人たちが恐る恐る出てきた。

命を落とした者はなかったと聞き、ほっと安堵の溜息を吐く。

店の連中だけでなく、野次馬たちも往来へ集まりだした。

桑山はみなに囲まれ、得意満面の笑みを浮かべてみせる。

「けっ、何だか損な役まわりだぜ」

長元坊が悪態を吐く隣で、卯八は小さくなった。

つぎは、卯八をどうにかせねばなるまい。

だが、今宵は面倒なことを考えるのはよそう。

祝い酒か、自棄酒か、どちらでもかまわぬが、又兵衛は無性に酒が呑みたくなった。

十一

卯八はみずからの罪を正直に告白し、できることなら残り少ない人生を真っ当に過ごしたいと泣いて頼んだ。

明戸のどろぼうとして歩んできた道程は長く、盗んだ金高をすべて足せば十両は遥かに超える。常習であることを正直に告白すれば斬首は免れぬことから、又兵衛はどうにか説得して盗みにはいった回数や金高だけは曖昧なままにさせた。

それだけではない。こたびのことで手柄をあげた沢尻のもとへ伺候し、くちなわ一味の捕縛に繋がったのは卯八の訴えによるものだと主張し、吟味方にたいして罪一等を減じるようにとの口添えを依頼して認めさせたのである。

もとより理路整然とした例繰方の主張に異を唱える余地はなかったが、平常は熱くならぬ男がいつになく粘るので、沢尻も吟味方も首をかしげたという。

ともあれ、又兵衛の尽力により、卯八には敲き五十回の沙汰が下された。

小伝馬町にある牢屋敷の門前で笞打ちがおこなわれたのは、捕縛から十日後のことである。往来は夏の物売りで賑わい、亀戸天神では藤棚の藤が見事な花を咲かせていた。

又兵衛は野次馬の築く人垣に紛れ、びしっ、びしっ、と蒼天まで響く笞の音を聞いている。

厳めしげな門は開けはなたれ、門の内には牢屋奉行の石出帯刀以下、見廻り与力や検使与力などの面々がずらりと並んでいた。罪人の卯八は褌ひとつにな り、門前の甃のうえで四つん這いにさせられ、打役の同心に笞で背中を打たれるのである。

笞は太くて硬い。長さ一尺九寸の真竹二本を麻苧に包み、観世捻に巻きつめた代物だった。一度打たれただけでも、悲鳴をあげたくなるほどの激痛が走り、十度も打てば蚯蚓腫れになった皮膚の一部が裂けてくる。

打役は手加減などしないので、皮膚が裂けようがどうしようが、打ち手を止めることはない。途中で気を失えば水が掛けられ、まんがいちのときは手当てをするべく、町医者もひとり待機している。

「……二十と五つ」

笞打ちはようやく、折り返しのところまできていた。

数役の声につづいて、笞の音が聞こえてくる。

――びしっ。

野次馬のなかには、目を背ける者もあった。

卯八は歯を食いしばり、必死に耐えている。

激痛が走るたびに、罪業がひとつ消えていく。

そう信じているかのように、弱音を漏らさない。

背中の皮膚は裂け、血が流れているのもわかる。

それでも、悲鳴ひとつあげぬ卯八は、あっぱれと言うしかなかった。

やがて、五十の声を聞き、笞の音もしなくなった。

引取人などいないので、長元坊が代わりをつとめる。

卯八は弱りきっているものの、命に別状はなさそうだ。

しばらく休めば、元通りに快復するであろう。

あとの手当ては、長元坊に任せておけばよい。

又兵衛は踵を返し、牢屋敷から離れていった。

その足で向かったのは、深川の海辺新田にある霊巌寺である。

住職に会い、五十敲きの刑罰が無事に終わったことを告げねばならなかった。

是非、そうしてほしいと頼まれていたのだ。

又兵衛は数日前に住職を訪ね、二十二年前の出来事を詳しく聞きだしていた。

赤子を抱いた盗人が寺にあらわれたのは、底冷えのする日の朝だったという。

盗人はみずからの素姓を正直にはなし、火事騒ぎの最中に戸締まりをしておらぬ商家へ忍びこんだところ、釣瓶心中に出会した。首を吊った両親のかたわらで、年端もいかぬ幼子が泣いていたのだ。

盗人は幼子を見捨てられず、抱いて逃げたものの、途方に暮れたあげく、ふと目にとめた六地蔵に導かれ、霊巌寺を訪ねたらしかった。

「この子の命を助けてほしい。盗人は泣きながら懇願し、一分金を差しだしたのじゃ」

けっして盗んだ金ではないとのことばを信じ、住職はありがたく寄進を受けたのだと言った。

そのとき、咄嗟に幼子の名を付けたいかと問うと、盗人はしばらく考えたすえに「おろくでお願いします」と応じてみせた。もちろん、六地蔵にあやかったものだろうと納得し、住職は幼い娘に「ろく」という名を授けたのである。

それから二十年が過ぎたあるとき、老いた盗人がひとり寺を訪ねてきた。

すぐに、あのときの盗人だと、住職はわかった。久方ぶりに寺を訪ねてみたら、門前の参道に『お六団子』という幟をみつけたと」

「盗人は泣き笑いの顔で申した。久方ぶりに寺を訪ねてみたら、門前の参道に

もしやとおもって遠目から窺ってみると、目の端に痣のある若い女将が切り盛りしている。まちげえねえ、おろくだとおもった途端、盗人は涙で風景が滲んでしまったらしい。

もちろん、盗人とは卯八のことだ。

盗人と忌み嫌わずに娘を預かってくれたこと、名付け親にまでしてもらったこと、何年経ってもあのときの恩が忘れられず、どうしても感謝の気持ちを伝えたくなり、卯八は住職のもとを訪ねた。

「あれほど律儀な盗人もおらぬ」

住職は感心しつつも、わずかに顔を曇らせた。

おろくには自分のことを内密にしてほしいと、卯八が懇願していたのだ。どうやら、二十二年前に幼子を抱いて訪れたとき、住職に諭されたことばが耳から離れなかったらしい。

「おぬしは幼子を連れてきた。善行をひとつ積めば、来し方の罪は帳消しにな

る」

住職にそう諭され、卯八は涙ながらに、以後は盗みをはたらかぬと誓った。にもかかわらず、今も盗みを止められずにいることが情けない。ゆえに、身分を明かしたくとも明かせぬのだと、住職に告げたのだ。

卯八は再訪して以来、時折、参道を挟んだ別の水茶屋へやってきては、遠目からおろくを飽くこともなく眺めているという。そのすがたが住職には、祈りを捧(ささ)げているようにもみえ、何度もおろくに真実を伝えようとして、そのたびにおもいとどまったらしかった。

又兵衛も迷った。

おろくに真実を告げるか否か。

もし、真実を告げるとすれば、卯八が罪を贖(あがな)った今しかあるまい。

――ごおん。

夕暮れの鐘音が哀しげに響いている。

遠目に「お六団子」の幟がみえる水茶屋へ、長元坊と卯八がやってきた。

卯八は鰻(うなぎ)を馳走(ちそう)になったらしく、おもった以上に元気そうだ。

又兵衛は安堵し、赤い毛氈の敷かれた床几に差し招いた。

「平手さま、このたびは何から何まで、御礼のしようもござんせん。それにしても、どうしてまた、こんなところへ」

「連れてきたのは、おぬしのほうであろう」

「そりゃまあ、そうですが」

「五十敲き、おぬしはよく耐えた。あっぱれであったゆえ、褒美をひとつやろうとおもってな」

「えっ、褒美」

参道を挟んだ向こうから、赤子を負ぶったおろくがやってきた。

卯八はわけがわからず、腰を浮かしかけた。

「いつも、お世話になっております」

おろくは見世の主人に挨拶し、床几のほうへ近づいてくる。

よくみれば、両手に団子の載った皿を持っていた。

「卯八さんですね、お六団子をおひとつどうぞ」

「えっ、何でおれの名を」

「ご住職から伺っておりました。幼子のわたしを救ってくれたのは、卯八という名のお方だって」

「くそっ、何で知ってやがる」

「どんな事情があったかは、存じあげません。でも、どんな事情があろうとも、卯八さんというお方のおかげで、わたしはこうして生きております。しかも、幸福になることができました。ありがとう、どうか、お団子を食べてやってください」

卯八は震える手で皿を受けとり、団子をひとつ手に取って頬張る。

長元坊は我慢できず、洟水を啜りあげた。

「……う、美味え」

卯八は泣きながら、団子を咀嚼する。

「……ひ、平手さま……こ、これ以上の褒美はござんせん」

礼を言いながら、老いた盗人は団子を食べつづけた。

又兵衛にとっても、これ以上の褒美はない。

人を斬った痛みが、少しは薄まったように感じられた。

負け犬

一

師匠の小見川一心斎から文が届き、かねてよりはなしてあった静香なるおなごを訪ねさせるという。それが非番の今日だということを正午近くにおもいだしたので、又兵衛は賄いのおとよ婆に留守居を頼み、急いで家を抜けだした。

嘘か真実かわからぬが、静香は改易になった元大身旗本の一人娘で、零落してしまった今は深川永代寺門前の料理茶屋で下女奉公しているという。気立ての良い縹緻好しだと一心斎は太鼓判を押したが、又兵衛には嫁にする気はおろか、会ってみる気もさらさらない。

おなごは苦手なのだ。祝言など面倒臭いし、赤の他人とひとつ屋根の下で暮らすことなど考えられない。三十七年も生きてきて浮いたはなしひとつないのは、他人からみれば妙かもしれぬし、衆道ではないのかと誤解されたりもする。

誰にどうおもわれようがいっこうに気にはならぬものの、おなごに情を移して心を乱されたり、相手の気持ちを勘ぐって一喜一憂してみたり、ともかく、そうした煩わしさにだけは縛られたくなかった。

「一度でも踏みこめば、ころっと変わっちまう。溺れちまうんだよ。へへ、それが色恋というものさ」

長元坊は酔ったついでに、いつも説教がましく意見する。

「気取ってねえで、おなごを片っ端から抱いてみな。そうすりゃ、色恋のありがたさがわかる。おめえをみていると、焦れったくなるぜ。何が楽しくて生きてんだか、さっぱりわからねえものな。剣術のお師匠が世話を焼きたくなるのもわかるってもんだぜ。もちろん、痩せても枯れても、おめえは侍えだ。武家の嫁取りは色恋じゃねえ。煩わしいことも多かろうが、くっついちまえばそれなりにいいもんだろうぜ、たぶんな」

仕舞いにはあきらめたように、長元坊は突きはなす。いつもそうしたことの繰りかえしだが、意見されるたびに気持ちは沈んだ。

「色恋に、嫁取りか……」

鉛色の梅雨空を見上げれば、鬱陶しさはいっそう募る。

霊岸島の露地裏からは、蒼朮売りの売り声が聞こえてきた。

物が腐りやすい芒種になれば、湿気を除く蒼朮を焚く家も増えよう。

ひょいと足を延ばしたのは、酒問屋が軒を並べる新川河岸であった。

呑兵衛の極楽とも言われる河岸の片隅に、旬の蒸し穴子を丼で食わせる一膳飯屋がある。

暖簾を潜ると、雑多な風体の者たちでごった返していた。

それでも、空腹には抗しきれず、敷居のそばで少し待つ。

毎度ながら、匂いたつ香ばしさに翻弄された。腹の虫が、ぐうぐう鳴ってくる。

ふんわりと蒸しあがった穴子には、秘伝の甘いツメをひと刷け塗り、これを硬めに炊きあげたご飯のうえに載せた丼と、ほかに大粒の業平蜆を実にした赤味噌の汁が付く。昼餉にするにはこれ以外にないというほどの代物だ。

不浄役人の特権を使えば、席など容易に確保できようが、もちろん、理不尽なまねは矜持が許さない。そもそも、又兵衛を町奉行所の与力とおもう者など、客のなかにひとりもいなかった。

見世の親爺は見破ったとしても、知らぬふりを決めこんでくれる。かえって、そうした気遣いがありがたい。又兵衛が足繁く通う見世とは、ほかの客と与力の自分をけっして区別せぬ見世なのだ。

ふと、床几の一隅に座る風体の賤しい浪人に目がとまった。

丼に齧りつくほどの勢いで、必死に箸を動かしている。

「親爺、お代わりをくれ」

口をもぐもぐさせながら、空の丼を突きだす。

親爺が奥からあらわれ、困ったように顔をしかめた。

「お武家さま、もう五杯目ですけど」

お代のほうは払っていただけるのでしょうねと、目で訴えかけている。

「すまぬ、金はない」

浪人はぺこりと頭を下げ、呆気に取られた親爺を尻目に勝手へ向かった。

さすがに、床几に座る客たちの箸を動かす手も止まる。

又兵衛も大股で見世を突っ切り、勝手口から裏へ出た。

浪人は片肌脱ぎになり、壁際に積まれた薪を抱えてくる。

いつの間にか、手に斧を握っており、前触れもなく薪を割りはじめた。

——ばすっ。

斧使いの手並みは馴れたものだ。

五分月代と無精髭でよくわからぬが、齢は四十前後であろう。

それにしても、浮きでた肋骨が目立つ。

紛うかたなき痩せ浪人だ。

親爺は縋るように言う。

「おやめください、お武家さま、薪は間に合っております」

「そう申すな。飯代ぶんはやらせてくれ」

浪人はうそぶき、どんどん薪を割っていく。

親爺は溜息を吐き、おもいきり声を張った。

「止めてくれ、薪割りなんざ屁の足しにもならねえ。ほかのお客の手前もある。お代を払わぬと仰るなら、出るところに出てもらうしかねえ」

浪人は斧をさげ、額の汗を拭った。

「お代を払えと言われても、無い袖は振れぬ」

すかさず、客のひとりが半畳を入れる。

「よう、一本差し、腰のものがあんじゃねえか」

「これか」

浪人は、ぎろりと客を睨んだ。

「これは孫六兼元、先祖伝来の宝刀でな、手放したときは死ぬときと決めておる」

「だったら、死んじまえ」

と、ほかの客が面白半分に煽った。

浪人は怒るどころか顔を曇らせ、地べたに目を落とす。

「そうだな、おぬしの申すとおり、死ねば楽になれるかもしれぬ。負け犬の末路とは、所詮、こうしたものかもしれぬ」

前触れもなく、見事な手捌きで刀を抜いてみせた。

本身の刃長は二尺五寸を超えていよう。

三本杉の刃文が鈍色に光っている。

関の孫六にまちがいあるまい。

確かめると同時に、又兵衛は一歩踏みだしていた。

「ご浪人、見料を払おう」

袖をまさぐり、一朱金を取りだす。

それを親爺に向かって、指で弾いた。

「へっ」

受けとった親爺は、狐につままれたような顔をする。

同じ顔をした客たちに向かって、又兵衛は両手をあげた。

「さあ、見物は仕舞いだ。見世に戻って丼の残りを食え」

言われたとおり、親爺も客もぞろぞろ居なくなる。

残ったのは、片肌脱ぎの痩せ浪人ひとりだ。

「どうせ、腹を切る気などないのであろう」

又兵衛がはなしかけると、浪人は頭を掻いた。

「何でもお見通しのようだな。おぬし、どうして助けたのだ」

「助けたのではない。関の孫六には金を払うだけの価値がある。それだけのことだ」

「本物と見抜けるのか」

「ああ、わかる。ことに、関鍛冶の刀はな」

「ほう」

浪人は又兵衛の腰にある刀に目を向ける。

「もしや、おぬしの差料も」

「和泉守兼定、孫六兼元とは義兄弟よ」

「なるほど、刀の縁か」

「それゆえ、気にすることはない。腹も満たされたであろうし、何処へなりと去ればよかろう。ただし、二度とこの見世には立ち寄るな」

「ふん、偉そうに。月代を青々と剃りおって。おぬし、宮仕えか」

「まあな」

「宮仕えにはわからぬ、禄を失った者の辛さはな。わしひとりなら、いつなりとでも死ぬことはできる。されど、容易には死ねぬ。しがらみがあるのだ。わしが死ねば、つれあいも生きてはおるまい。ゆえに、死ねぬ。死ねぬ苦しみなど、恵まれたおぬしにはわかるまい」

わかりたいとはおもわぬが、宝刀を手放さぬ負け犬の事情が少しだけ知りたくなってくる。

それでも、又兵衛は背を向けた。

一刻も早く、蒸し穴子を食べねばならぬ。

「待て」

浪人に呼びとめられた。

「わしの名は岩間数之進、貴殿は」

「平手又兵衛と申す」

「いずれ、借りはお返しいたす。住まいをお教え願えぬか」

「気にせんでほしい。縁があったら、いずれまた」

「さようか、しからば、かたじけのうござった」

深々と頭を下げるので、又兵衛も頭を下げる。

見世へ戻りかけるついでに振りむいてみたが、岩間数之進と名乗る「負け犬」はいつまでも頭を垂れたままでいた。

二

数日後。

往来には菖蒲刀の残骸が散らばっている。

おもいだされるのは、菖蒲刀で打ちあって遊んだ幼いころのことだ。みながそうであるように、町で一番強い剣士になりたいと望んでいた。いつも張りあっていたのが、鍼医者の子だった長助こと長元坊にほかならない。誰よりもからだが大きく、力も強かった。強くさえあれば、出自などはどうでもよい。喧嘩をするにしても、ふたりでとことんまでやり合った。

幼いころから培われた関わりゆえに、長元坊だけは信頼できる。

そんなことを考えつつ、又兵衛は霊岸島の『鶴之湯』へ向かった。

端午の節句の翌六日、湯屋では邪気を払う菖蒲湯を沸かす。

もちろん、又兵衛の狙いは一番風呂だが、今朝は先客の年寄りがひとりいた。

刀掛けに黒鞘の大小を掛け、板の間で着物を脱ぎ、洗い場で掛け湯を浴びて石榴口を潜る。

湯気に噎せながら湯船に爪先を入れた途端、熱すぎておもわず引っこめてしまう。

「ぬひゃ、熱かろうのう」

歯抜け爺が、口をもごつかせて笑った。

つるっ禿げの頭に、何と菖蒲を載せている。

不心得者めと胸に毒づき、我慢しながら膝まで沈み、腹、胸、首と徐々に浸かっていった。

「くふう」

腹の底から息が漏れる。

月代に手拭いを載せ、じっと動かずにいると、からだじゅうがじんじん痺れてきた。

たまらぬ。この感じがたまらぬのだと、胸に繰りかえしているところへ、歯抜け爺が喋りかけてくる。

「与力の旦那、聞いたかい。顔に墨を塗られた板の間稼ぎが、公方さま警固の元幕臣だったってはなし」

「いいや、知らぬ」

「昨夕のことさ。四十前後の胡散臭え浪人が鶴之湯へやってきた。四半刻（約三十分）も板の間にいやがったんで、番台の庄介も怪しいとおもったそうだ。その野郎、質草になりそうな着物を物色していやがったのさ」

浪人は洗い場へ向かったが、石榴口も潜らずに戻ってくるなり、垢じみた自分の着物とは別の高価そうな着物を纏った。すかさず庄介が呼びとめると、まちがって他人のを着たのだと言いはるので、正直に白状すれば許してやると約束したところ、平謝りに謝ったという。

「しかも、釜のそばで薪割りをやりはじめ、仕舞いには自分で顔に墨を塗りたくって外へ出てきやがった」

板の間稼ぎの顔に墨を塗るのは湯屋の決まり事、ちょくちょく見掛ける光景だが、みずから顔に墨を塗る盗人のはなしは聞いたことがない。

「侍がここまでしているのだから許してほしいと、浪人はふてぶてしくも言ってのけたそうだ。じつは、着物を盗まれかけた桶屋の隠居が偶さかそいつの顔を知ってってな、何と下谷御徒町に御屋敷のある走りの者だって言いはるのさ」

走りの者とは、小十人組の組衆のことだ。

隠居が確かめようとしたら、浪人は泣きの涙で、なるほど、二年前までは三百俵取りの番士であったが、今はすっかり落ちぶれてしまい、鉄火場の用心棒や借金取りの付け馬をやりながら糊口をしのいでいると告げた。

うっかり同情した隠居がいくらか金を渡したら、ありがたく頂戴するついでに着物も替えてほしいと、図々しい口を叩いたらしい。

「へへ、嘘みてえなほんとのはなしだよ」

又兵衛はのぼせながらも、薪を割った浪人の素姓が気になった。

爺はいっこうに湯船からあがらず、茹で蛸と化している。

「名はたしか、岩がどうのとか言ってたな」

「岩間ではないか、岩間数之進」

「おっ、それそれ」

又兵衛が威勢よく立ちあがると、波だった湯が湯船の縁から溢れた。

「こら、もったいねえことすんじゃねえ」

歯抜け爺に叱られながらも、石榴口から抜けだす。

板の間へ出てみると、主人の庄介が番台でうたた寝をしていた。

「おい、起きろ」

怒鳴りつけると、庄介は薄く目を開ける。

「あっ、旦那、何でしょう」

「板の間稼ぎがあったらしいな」

「へへ、お聞きになりましたか。それが妙に憎めねえ浪人者でしてね」

「何処に住んでおる」

「何処だっけなあ。住まいはわかりませんがね、付け馬に雇っている地廻りなら存じておりますよ」

「教えろ」

「へえ、鼬の勘十でござんす」

「鉄炮洲の金貸しではないか」

「さいです。でも、どうしなさるので。御奉行所で小机にお座りになる旦那が、馴れねえ手で浪人をしょっ引くんですかい」

「いいや。しょっ引いたら、勝手に許したおぬしも困ろう」

「ええ、そりゃまあそうなんですがね。しょっ引かねえなら、いってえ、何の用があるんです」

「聞かずにおけ。そのほうが身のためだ」

庄介は口をへの字に曲げ、首を大袈裟(おおげさ)に引っこめる。

「何だか、おっかねえなあ。いつもの旦那とちがいますよ。おっと、そういえば、旦那もいよいよ身を固めなさるとか」

「ん、誰がそんな噂(うわさ)を流した」

「賄いのおとよが申しておりましたよ。縹緻好しのおなごがひとり、いそいそ御屋敷にやってきたって」

「くそっ、お喋りな婆(ばばあ)め」

「おとよを責めないでくださいよ。旦那のことを心配して言ってんだから」

「ふん、どうだか。どうせ、おもしろおかしく噂にしておるのであろう」

「ま、噂になるだけでも、よかろうってもんじゃないですか」

「言っておくがな、おなごの顔すら拝(おが)んでおらぬのだ。たぶん、縁(えにし)は生まれぬさ」

「たぶんですかい。それなら、辻占(つじうら)にでも占(うらな)ってもらったらいかがです。たしか、その辺りを彷徨(うろつ)いていたはずですから」

「ふん、くだらぬ」

「また明日、お待ちしておりますよ」

庄介に送りだされて往来に飛びだし、きょろきょろ左右をみまわす。

ひと目でそれとわかる薹(とう)が立った辻占の女が、獲物をみつけたという顔で近づいてきた。

「旦那、お顔の色が優(すぐ)れませぬようで。おひとつ、占って進ぜましょう」

「何を占う」

「おもうこと軒のあやめに言問(ことと)わん、かなわばかけよささがにの糸」

「おい、それは女童(めわらべ)の遊びであろう」

「そのとおり、軒の菖蒲(あやめ)に蜘蛛(くも)の巣が掛かれば、旦那の願い事は見事に成就(じょうじゅ)する。菖蒲の占(うら)にござります。拝見したところ、旦那は誰かに恋情(おもい)を抱いておられる。恋患(こいわずら)いの相が見受けられます」

とんちんかんなことを言われているのだが、女の真剣な顔つきをみれば邪険(じゃけん)にもできない。黙って聞いていると、辻占は調子に乗りはじめた。

「さあ、ごいっしょに呪(まじな)いを。おもうこと軒のあやめに言問わん、かなわばかけよささがにの糸……」

とりあえず、袂(たもと)にあった小銭を手渡す。

「……旦那の恋情(おもい)は、きっとお相手に伝わりますよ」

辻占は目をきらきらさせて言い、満足げに背中を押してくれた。

会わずに帰した静香というおなごのことが、脳裏(のうり)を過(よ)ぎってしまう。

おそらくは、みずから望んでやってきたのではなかろう。お節介(せっかい)な一心斎に無(む)理強(りじ)いされ、顔を立てねばならぬというおもいから、恥(はじ)を忍んで足をはこんだにちがいない。

そうおもえば、哀れにも感じられてくる。

会うだけでも会って、茶菓子のひとつでも持たしてやるべきであったかもしれぬ。

そんなふうに思い悩むこともばかばかしいが、もし、つぎの機会があるのならば、会わずに帰した無礼を詫びねばならぬと、又兵衛は律儀に考えた。

「辻占め」

やはり、余計な雑念を吹きこまれたのだろうか。

まさか、会ったこともない相手に恋情を抱きはじめたわけでもあるまい。

まんがいち、そうだとすれば、辻占の唱えた呪いの効験も少しはあったというものだろう。

岩間数之進のことについても、放っておけばよいだけのはなしなのに、何故か気になって仕方ない。

「なあに、明日になれば、けろりと忘れる」

みずからに言い聞かせてはみたものの、又兵衛の胸中にはあきらかに漣が立ちはじめていた。

三

翌朝、又兵衛はいつもどおりに、おとよ婆の作ってくれた朝餉をとり、四つ（午前十時頃）過ぎには数寄屋橋御門内の南町奉行所へ出仕した。

中村角馬から面倒臭い調べ物を頼まれても嫌な顔ひとつせずにやり、廊下で内与力の沢尻玄蕃や年番方与力の山田忠左衛門と擦れちがっても挨拶すら交わさず、あいかわらずのはぐれぶりを発揮する。

ともあれ、退出する夕刻になるまで、静香のことも岩間数之進のことも忘れていたのだ。

帰りがけに京橋の弓町へ向かい、武具や茶器などを素見しようとおもった。

通い慣れた大路から横丁に踏みこみ、おもしろそうな見世を物色しながら歩く。

欲しいものをみつけるのは稀だが、素見してまわるのが何よりも楽しい。

これといった武具も茶器もみつからず、ひとつ裏の露地へと進んだ。

五二屋とも呼ばれる質屋がある。

請人なしでも高利で金を貸す、もぐりの脇質だ。

質流れはひと月と短く、御法度の金も鍍金と称して売り買いする。

「屋号はたしか、大戸屋七右衛門であったな」

江戸の闇に通じる入口でもあり、廻り方のあいだでは馴染みの見世だが、又兵衛は一度も敷居をまたいだことがない。

どうしたわけか、見世先に飾られた差料が気になった。

黒鞘の拵えはどうということはないのだが、反り具合といい、長さといい、隅切角の透かし鍔といい、観る者を惹きつけてやまぬ力を秘めている。

乾いた唇を嘗め、そばまで近づいてみた。

「似ている」

いや、きっとそうにちがいない。

見料を払った孫六兼元が、鞘の内に納められているのだろう。

「出物でござりますよ」

見世の内から音もなく、顎の長い男があらわれた。

「ふふ、主人の七右衛門にござります」

油断のない目でみつめ、にっと前歯を剝いて笑う。

「よろしければ、抜いてさしあげましょう」

七右衛門は刀に手を伸ばし、ゆっくり本身を抜いた。

腰反りの強い流麗なすがた、三本杉の刃文が妖しげに光る。

やはり、そうだ。岩間数之進の差料にまちがいない。

「関の孫六にござります」

胸を張る七右衛門に向かって、又兵衛は低声で問うた。

「いくらかな」

「へへ、百五十両と言いたいところでございますが、この場で買うとお約束いただければ、五十両にいたしましょう」

刀の価値からすれば相応な気もするが、おいそれと払える金高ではない。

「さて、どういたすか。孫六であることは認めるが、ちと来歴を知りたい」

「手前は質屋にございます。お武家が質草に置いていかれたのですよ」

「代わりに、鈍刀を貸したのか」

「いいえ、ご自身で竹光を差しておられました」

「竹光を」

「へえ、どうせ使わぬから、これで充分だとお笑いに」

「さようか。ま、持ち主の名は聞かずともよいが、どういう素姓の御仁か、もう少し詳しく教えてもらいたい」

「立ち話も何ですから、こちらへどうぞ」

孫六は鞘に納められた。

敷居の内へ差し招かれ、帳場格子のある板の間へ向かう。

七右衛門が奥に消えたので、又兵衛は上がり端に座って待った。

丁稚も手代もいない。甲冑や槍、大小の壺や人形などが雑多に置かれており、帳場格子のそばには大福帳などの帳面類がぶらさがっている。

七右衛門が茶を淹れてきた。

孫六を手許から離さず、ゆったりとした口調で語りはじめる。

「この刀を預かったのは、四日前の真夜中でござりました。胸を病んだご妻女に、高価な高麗人参を買いたい。そのために、どうしてもまとまった金が要るのだと仰います。御刀を拝見し、ふたつ返事でお貸しいたしました。ひと月流しと三日流しでは、お貸しできる金高が倍ほどもちがう。さようにご説明申しあげたら、三日流しでもよいと仰って」

なるほど、流す約束の三日が過ぎたので、七右衛門は刀を売りつけようとしているのだ。

——手放したときは死ぬときと決めておる。

岩間の発したことばが、脳裏に甦ってくる。

あれはただの見栄、方便にすぎなかったのか。

それとも、妻女のためならば、宝刀すらも惜しくないのか。

岩間の苦境におもいを馳せつつ、七右衛門のはなしに耳をかたむける。

「二年前までは御公儀から三百俵の御禄を頂戴し、御城勤めをしておられたそうです。下谷御徒町に御屋敷を構えた御旗本にござりますよ。ところが、上役の不正を訴えたことで、役目も身分も捨てざるを得なくなった。自分は嵌められたのだと、遠い目をして仰いました」

「嵌められた」

「はい。手前は、そのおはなしを信じました。ほかの家財はすべて売り払ったが、ご先祖伝来の孫六だけは手放すことができなかった。何でも、大坂の陣で武功をあげたご先祖が、神君家康公から拝領した宝刀なのだとか」

最後の来歴だけは、眉に唾を付けて聞いておかねばなるまい。おおかた、七右衛門が勝手に付けくわえたはなしであろう。

それにしても、岩間数之進とはよくよく縁があると言わねばなるまい。

又兵衛は手付金の代わりに、懐中に隠した朱房の十手を引き抜いた。

「げっ」

七右衛門は仰天する。

朱房をみれば、町奉行所の与力と見当はつくだろう。

近頃、髷を結わせていなかったのが功を奏したようで、七右衛門は髪形から十手持ちと見破ることができなかったのだ。

「南町奉行所与力、平手又兵衛。それがわしの名だ」

「へっ、かしこまりました」

「何をかしこまる。まだ、何も言うておらぬぞ」

七右衛門は途端に、ぺこぺこしはじめる。

「日頃から、廻り方の旦那方にはご贔屓にしていただいております。与力の旦那にわざわざお越しいただくことなんざ、滅多にあることじゃござんせん」

「そうであろうな」

「何か、格別のご要望でも」

「孫六に決まっておろう」

「え、こいつをどうしろと」

「どうもするな。大事に取っておけ」

「売ってはならぬと」

「ああ、そうだ。誰かに売ったら、その手に縄を掛ける」

「お待ちください。手前はいつも、とびきりのネタを流しております。おかげで盗人の尻尾を摑んだと、旦那方にも感謝していただいているはずですが」

「それとこれとは、はなしが別だ。それにな、廻り方に恨まれたとて、わしは痛くも痒くもない。何なら、平手又兵衛の名を出してもかまわぬ。文句のある同心がおれば、直々にはなしをつけよう。ともあれ、刀は売るな。約束を守ってくれれば、悪いようにはせぬ」

「ちっ、困ったな。されどまあ、これでひとつ貸しってことにしていただければ、お約束いたしましょう」

「貸しとは、どういうことだ」

「貸しは貸しでござんす」

ひらきなおった七右衛門を、又兵衛はぐっと睨みつけた。

「ならば、聞こう。おぬし、孫六の持ち主にいくら貸した」

「……そ、そいつは」

「おぬし、内々に金を扱っておろう。金の取引は御法度ゆえ、扱う額によっては重い罪に問われる。軽く見積もっても、八丈島への遠島は免れまい。正直にこたえぬと、しょっ引くぞ」

「ご勘弁を。お貸ししたのは……さ、三両にござります」

「おいおい、冗談は顔だけにしろ。三両で預かった刀に百五十両の値をつけ、五十両で売ろうとしていたということか」

「それがまあ、この筋の商売というものにございます」

「口の減らぬ男だな。ともあれ、約束しろ。孫六を売らぬと」

「約束いたします」

「よし、それでよい。ついでに、預けた相手の住まいも聞いておこう」

「ちょっと、お待ちを」

七右衛門は腰をあげ、帳簿を捲りながら戻ってくる。

「そのお方のお住まいはと、ええ、築地本願寺橋の東詰め、南小田原町の善六長屋にございます」

「ふむ、わかった」

又兵衛はやおら立ちあがり、十手を懐中に戻す。

七右衛門が膝を寄せてきた。

「旦那、ひとつだけお教えください」

「何だ」

「この孫六、どうなさるおつもりで」

又兵衛は少し考え、微かに笑みを浮かべた。

「その気になったら、わしが三両で買ってやろう」

「旦那、それはあんまりだ」

七右衛門は手を擦りあわせ、拝むような仕種をする。

蠅のようなやつだなとおもいつつ、又兵衛は脇質をあとにした。

四

翌日、奉行所内の御用部屋でも、同心たちが話題にしていた。

巷間では秘かに、若い娘の神隠しがあとを絶たぬという。

「わしが聞いただけでも、半月足らずで三人はおるぞ」

声をひそめるのは、部屋頭の中村角馬である。

「いずれも、小町娘と評される町娘でな、寺社へ詣でた帰路、たいていは逢魔が刻に消えちまうそうだ。みた者はおらぬが、廻り方では拐かしであろうとの見方が大半らしい。されど、消えたあとに父親が誰かに金を要求されるでもなし、拐かしだとしても目途が判然とせぬ」

来し方の類例と照らし合わせれば、目途の予想は容易につく。

十中八九、金持ち相手に春を売らせるためにやっているのだろう。

あきらかにすべきは拐かした連中の正体だが、廻り方の領分なので余計な穿鑿をせぬように心懸けた。

それよりも、孫六を脇質に預けた岩間数之進のことが気に掛かる。

七右衛門にたいして見得を切ったこともあり、又兵衛は役目終わりで退出したあと、築地へ足を向けた。

築地本願寺の屋根は入母屋造りの大屋根で、入船の目印にもされている。

夕照に染まる大屋根を仰ぎながら、足早に山門前を横切り、本願寺橋の東詰めまでやってきたのだ。

南小田原町の善六長屋はすぐにわかった。

何処にでもあるような貧乏長屋である。

朽ちかけた木戸から奥を覗いていると、木戸番から初老の男が顔を出した。

「何かご用ですか」

振りむくなり、又兵衛は親しげに微笑む。

男の警戒を解くように仕向け、堂々と名乗ってみせた。

「それがし、平手又兵衛と申す。じつは、こちらの店子に用があってな」

「店子というのは、岩間さまでござりましょうか」

「そのとおり、今はご在宅であろうか」

「旦那さまのほうは、おられませぬよ。ただし、奥さまはいらっしゃいます。近頃は病がちで、褥に臥しておられましょう」

「子は」

「おられませぬ。子はかすがいと申しますが、仲睦まじいおふたりには関わりのない格言かと存じまする。ええ、そりゃもう仲がようござりましてね、大家のわたしがみたところ、岩間さまは奥さまに首ったけですな。されど、惚れた腫れたで済むほど、世の中は甘くない。奥さまにたいして、きっと後ろめたさもおありなのでしょう。何せ、二年前までは三百俵取りの御旗本だったお方ですから」

「ほう、岩間どのは御旗本であられたのか」

又兵衛はわざと驚いてみせ、喋りたそうな大家の気持ちを煽った。

「詳しいことは存じあげませぬが、上役の不正をあきらかにしたところ、周囲から裏切り者と罵られ、居場所がなくなったやに聞きました。意志をまげずに正義を貫いたことで、逆しまに周囲から疎まれたとするならば、あまりに理不尽なはなしではあるまいかと、まったく関わりのないわたしでさえも腹が立ってまいります」

岩間は脇質の七右衛門に「自分は嵌められたのだ」と告げた。その台詞と大家のはなしが重なり、役目を辞した事情が透けてみえてくる。だが、誰に嵌められたのかという肝心な点は、本人か妻女にでも聞かねばわかるまい。大家のはなしはあくまでも、伝聞の域を出なかった。

「ところで、岩間さまに何のご用で。差しつかえなければ、大家のわたしが連絡を取りましょう」

「いや、よいのだ」

「されば、咲恵さまともお会いにならずに」

「咲恵とは、ご妻女のお名か」

「ええ、そうですよ」

大家は今さらながら、不審そうな顔になる。

岩間本人に会えたら刀を預けた事情でも聞くつもりだったが、今日のところは止めておこう。こちらの名を教えておけば、大家の口から来訪したことだけは伝わるにちがいない。岩間が来訪を知れば、二度目はもう少し来やすくなるだろうと期待しつつ、又兵衛は話題を変えた。

「咲恵どのの容態はどうだ。胸を患っておられると聞いたが、かなり悪いのか」

「奥さまは、胸など患っておられませぬよ」

「えっ、そうなのか」

あっさりこたえる大家の顔を、又兵衛は穴が開くほどみつめた。

「梅見のころ、ダンボ風邪が流行りましたでしょう。あれに罹ってしまい、それから寝たり起きたりを繰りかえされ、なかなか風邪が抜けきらぬご様子なのです」

「されば、岩間どのは高麗人参を買っておらぬのか」

「そんなはなし、聞いておりませぬ。何せ、狭い長屋のことでござります。高麗人参なんぞを買ったら、すぐにみつかってしまうはず」

「ならば、あの金は何に使ったのだ」

又兵衛の独り言を、大家は聞きのがさない。

「借金にござりますか。たぶん、博打に注ぎこむ金でしょうな。岩間さまは誰からも憎まれぬ気のいいお方ですが、半年ほどまえから博打にのめり込んでおしまいに。金がなくなれば、鼬の親分を頼って鉄火場の用心棒までやる始末、口には出さずとも奥さまはお困りになっているはずです」

「鼬の親分とは、勘十とか申す地廻りのことか」

「ええ、そうですよ。親分は築地一帯を仕切る地廻り、ここ数年は永代橋を渡った向こうのほうまで縄張りを広げております。長屋の貧乏人たちに片っ端から高利の鴉金（からすがね）を貸して、がっぽり儲（もう）けておるようで。何せ、御大名屋敷の中間（ちゅうげん）部屋で毎夜のように開かれる鉄火場の仕切りも請けおっていましてね。借金させた連中を博打に誘い、負けが込んでどうしようもなくなったら、女房や娘をカタに取って売り飛ばす。質（たち）の悪い悪党にござりますが、岩間さまも騙（だま）されて鴉金を借りた口らしく、博打の借金が嵩（かさ）んだあげく、鼬の用心棒になっちまったのです。正直なはなし、このところは荒（すさ）みきってしまわれました。大家としては、奥さまのことが心配でたまりませぬ」

岩間の事情を穿鑿（せんさく）するのが、はたしてよいことなのかどうか。

大家のはなしを聞いていると、煩わしくなってくる。

名乗ったことを後悔しつつ、又兵衛は長屋に背を向けた。

八丁堀の屋敷に戻ってみると、薄暗い部屋に誰かが座って酒を呑（の）んでいる。

「遅いのう、やっと帰ってきおった」

嗄（しゃが）れた声を聞けば、すぐに一心斎だとわかった。

深川からわざわざ訪ねてくるということは、何かよほどの用事があるのだろう。

「わかっておろう、静香のはなしじゃ」

「はあ」

「まあ、座れ」

ぐい呑みに注がれた酒は、又兵衛が新川河岸で買った上等な下り酒だし、肴の佃煮や塩辛も楽しみに取っておいたものだ。一心斎は呂律のまわらなくなる一歩手前まで呑んでおり、赭ら顔で唾を飛ばしながら喋りはじめた。

「静香の父は都築主税という家禄三千石の御旗本でな、職禄一千石の小十人頭に就いておられた。都築家には跡取りになる弟がおったゆえ、静香は十九で同格の大身旗本の家に嫁いだ。ところが、嫁ぎ先が酷いところでの、姑にいびられながらも三年は我慢したが、仕舞いには夫に三行半を書かせて出戻った。それが二年前のはなしじゃ」

出戻ってすぐさま、父親の可愛がっていた配下が公金を着服した罪で腹を切った。父親も連座の罪に問われ、都築家は改易の憂き目をみた。不幸はつづき、弟が流行病で頓死したため、静香は零落した家を支えるべく、伝手を頼って料理茶屋の賄いになったのだという。

「のう、ここまではなせばわかるであろう。静香はあの若さで、数々の辛酸を嘗めてきた。武家の嗜みを備えた娘であるうえに、世の苦労を知りつくしておる。さように貴重なおなごは、広いお江戸を見渡してもそうはおらぬぞ。与力の妻女は苦労人でなければつとまらぬし、そこいらの馬の骨ではまねのできぬ凛とした気高さを備えておらねばならぬ。わしはな、おぬしのことを我が子のように案じておるのじゃ。それゆえ、常々、おぬしに見合うおなごを探しもとめておったのよ。わかってくれるか」

「はあ」

と、気のない返事をしても、一心斎の勢いは止まらない。

「でな、どう考えても、これというおなごは静香しかおらぬのじゃ。一度だけでも会うてみてくれぬか。静香は何故か、わしのことを頼ってくれておる。父親のようにおもうておるのであろう。わしもこたえてやりたいのじゃ。思慮深いおなごゆえ、おぬしのもとへやってきたことを悔いておる。なかば、あきらめてもおろう。されど、もう一度だけ機会を与えてやってほしい。面と向かってはなせば、おぬしも納得できるはずじゃ。わしはな、もうすぐ死ぬ。見掛けどおり、余命幾ばくもない老い耄れじゃ。おぬしのことだけが心残りでな、おぬしと静香が祝言をあげるすがたを目に焼きつけて死にたいのじゃ」

一心斎はぐい呑みを除け、畳にがばっと両手をついてみせる。

師匠にそこまでされたら、首を縦に振らぬわけにはいかない。

又兵衛は嫌々ながらも、静香と会う約束をした。

「さようか。よし、さればさっそく静香に会い、今一度ここを訪ねさせよう」

「わざわざ、お越しいただくのは申し訳ないので、それがしのほうから出向きます」

「何時」

「されば、三日後の正午」

「何処へ来る」

「無論、料理茶屋へはまいりませぬ。何処か、適当な水茶屋などはございませぬか」

「水茶屋など知らぬわ。女子どもの行くところではないか」

「わかりました。それならば、深川の霊巌寺門前にお六団子の幟を掲げた団子屋がございます。そこでお会いしましょう」

「よし、決まりじゃ。月下老人の小見川一心斎、しかと承ったぞ」

発した途端、一心斎は後ろにひっくり返った。

「お師匠」

驚いて身を寄せると、すうすう寝息を立てている。

「ふん、隙だらけの寝顔だな」

鬱陶しさよりも感謝の気持ちが勝り、おもわず涙ぐんでしまう。

又兵衛は泣き笑いの顔になり、そっと夜具を掛けてやった。

五

三日後の早朝、鉄火場の手入れで捕まった連中が吟味を受けるべく、南茅場町の大番屋に繋がれた。そのなかに、岩間数之進に似た風貌の用心棒が紛れていると教えてくれたのは、これまでの経緯をはなしてあった長元坊にほかならない。

又兵衛は非番にもかかわらず、さっそく大番屋へ足を向けた。

「偶さか、手入れのことを小耳に挟んでな、繋がれた阿呆どもの顔でも拝もうと来てみたら、孫六野郎によく似た浪人がひとりおったのさ」

長元坊は自慢げに胸を張り、間口の狭い大番屋を睨んだ。

「気をつけたほうがいい。おれの見立てじゃ、こいつは捕り方に恩を売るために仕組まれた小細工だぜ。何しろ、連中が鉄火場を開いたさきは、手入れのし難い中間部屋なんかじゃねえ。采女ヶ原のそばにある廃寺だからな」

たしかに、捕まえてくださいと言わんばかりの場所だ。

又兵衛は大きくうなずき、大番屋へ近づいていった。

敷居の内は広く、いくつかの部屋に区切られ、簡易な牢もあれば、責め道具が並ぶ穿鑿部屋などもある。荒っぽい廻り方の同心たちが屯する番屋でもあり、内勤の与力が足を踏みいれるさきではない。

「長元坊、繋がれた人数はわかるか」

「十一人。用心棒を除けば、雑魚ばかりだな」

「鼬の手下どもか」

「さあ、そいつはなかで聞いてみな。たぶん、雑魚どもは仕切っているやつのことを知らねえとおもうぜ」

長元坊に背中を押され、又兵衛は大番屋の戸を開けた。

同心や小者たちの視線が一斉に集まる。

又兵衛は部屋をみまわし、何食わぬ顔で上がり端へ進み、雪駄を脱いで板の間へあがった。

右手の奥から、びしっ、びしっと笞の音が聞こえてくる。

おおかた、雑魚のひとりが責め苦を受けているのだろう。

又兵衛はそちらの穿鑿部屋ではなく、正面をじっと睨む。

四枚の板戸が閉めきられた向こうは、仮牢にちがいない。

黙って身を寄せると、頬に古傷のある同心に横から阻まれた。

「例繰方の平手さまですよね、いったい何のご用です」

「おぬしは」

「定町廻りの笹尾恭次郎と申します」

「ちと、なかをみせてくれぬか」

「困りますね。こっからさきは、吟味方の領分なので」

「固いことは申すな」

笹尾の肩を摑んで退がらせ、又兵衛は板戸を開ける。

五人ほどの男が半裸にされ、壁から垂れた鎖に右手首を繋がれていた。

町人風体の四人は不安げな目を向けたが、右端のひとりだけは頭を垂れている。

まちがいない、岩間数之進だ。

すでに笞で打たれたのか、背中が蚯蚓腫れになっていた。

「岩間どの」

呼びかけると、岩間は緩慢な仕種で振りむく。

又兵衛のすがたをみとめるや、驚いたように眸子を瞠った。

「あっ……き、貴殿は」

「平手又兵衛でござる」

「お、おう、そうであったな。いつぞやは……」

「はなしはあとで。笹尾、あの御仁はわしの知りあいだ。鎖を外せ」

笹尾は顔を近づけ、臭い息を吐きかけてくる。

「平手さまのお知りあいでも、勝手に鎖は外せませぬ。おわかりでしょう、あの者は御法度の鉄火場で用心棒をしていたのですよ」

「用心棒といえども、侍には変わらぬ。侍を破落戸どもと同等に扱えば、扱ったほうも罪に問われよう」

「おっと、そうきたか。さすが、杓子定規な例繰方の旦那だ。されども、どのような事情があろうと、わたしら同心風情の判断で鎖を外すことはできませんよ。吟味方の旦那がお許しにならぬかぎりはね」

ちょうどそこへ、颯爽とあらわれた者があった。

月代の剃り跡も青い新米の吟味方与力だ。

名はたしか、番場房之助といったか。

又兵衛と笹尾が揉めているのをみて、狆のように顔をしかめる。

「下吟味にまいった、番場房之助である。使いを寄こしたのは誰だ」

「はっ、それがしにござります」

笹尾は又兵衛を無視し、番場を穿鑿部屋へ導こうとする。

又兵衛は番場を睨みつつ、おもいきり声を張った。

「笹尾、鉄火場の仕切りは誰だ」

「えっ」

「仕切っている黒幕は誰だと聞いておる。雑魚どもを痛めつけ、吐かせたのではないのか」

「……そ、それは今から」

「遅い。何をちんたらやっておる。黒幕がわからねば、雑魚をいくら捕まえても意味はない。わかっておるのか」

げんなりする笹尾に、又兵衛はたたみかけた。

「こやつらに下される沙汰は、せいぜい五日の賦役だ。川普請か道普請をやらせたあとに解きはなちとなろう。例繰方与力のわしが申すのだから、まちがいない」

「お待ちを」

ここぞとばかりに、笹尾が言いつのる。

「じつは、捕り物の際、小者がひとり大怪我をいたしました。それが見事な袈裟斬りの一刀ゆえ、それがしは用心棒の仕業にちがいないとみております。刀を抜いて捕り方に傷を負わせたとなれば、罪の重さもちがってまいりましょう」

「事実なら、斬首だな」

「ふふ、仰せのとおり」

「されど、おぬしの言い分には無理がある」

「えっ」

「おい、用心棒の差料をここへ」

又兵衛の指図にしたがい、小者のひとりが差料を携えてきた。

「はあ」

黒鞘を手渡されるなり、有無を言わさずに抜いてみせる。

――ひゅっ。

乾いた音とともに、切っ先が笹尾の鼻面に伸びた。

「うっ」

抜いた刀に輝きはない。

「案ずるな、竹光だ」

「げっ」

虚を衝かれた笹尾から竹光を遠ざけ、又兵衛は番場に向きなおった。

「竹光で人は斬れぬ。おい、新米、わかったか。五日間の賦役だぞ」

「はっ、かしこまりました」

番場は迫力に呑まれ、直立不動で返事をする。

又兵衛は振りむき、岩間のもとへ近づいていった。

「沙汰はすぐに下る。五日間の辛抱だ。このことは、わしからご妻女に伝えておこう」

「……か、かたじけない。今度は命を救われた。それにしても、町奉行所の与力だったとはな」

「おぬしだって、小十人組の組衆だったのであろう」

「むかしのはなしだ。されど、何故、助けてくれるのだ」

「わからぬ。成りゆきとしか、今は言えぬ。ところで……」

又兵衛は一歩近づき、後ろの連中に聞かれぬように声をひそめた。

「……鼬の名は吐かぬほうがよかろう」

「わかっておる。えげつない意趣返しをする連中だからな。こたびの手入れは、鼬の勘十が仕組んだ猿芝居だ。わしとて嵌められた口さ。用心棒がひとりおれば、手柄に箔が付くとでも考えたのであろう。あそこにおる古傷の同心は、たんまり袖の下を貰っておるぞ」

「だとおもった」

又兵衛はうなずき、すっと離れていく。

番場も笹尾も黙ったまま、睨みつけるしかない。

「邪魔をしたな。理不尽な沙汰を下せば、わしが黙っておらぬぞ」

脅える番場に念を押し、又兵衛は雪駄を履いて外に出る。

「ふう」

後ろ手に戸を閉めると、さすがに溜息が漏れた。

馴れないことをしでかしたので、嫌な汗まで掻いている。

物陰に隠れていた長元坊が、巨体をゆらりと寄せてきた。

「あそこまでやるとはな。岩間数之進に借りでもあんのか」

「いいや」

「わからねえ野郎だぜ」

長元坊はぶつぶつ言いながらも、後ろから従いてくる。

鉛色の鬱陶しい空を見上げれば、鳶がくるくる輪を描いていた。

六

その足で築地南小田原町へ向かい、善六長屋の大家を訪ねた。

大家にまず事情をはなし、岩間数之進の妻女に紹介してもらったのだ。

妻女の咲恵はみるからに奥ゆかしく、おもっていたとおりの女性だった。

夫が大番屋へ繋がれたはなしを聞かせても、帰ってくるまで最低でも五日はかかると伝えても、身じろぎひとつせず、毅然とした態度を保っている。

「お知らせくださったことを感謝いたします」

畳に両手をつき、頭をあげようともしなかった。

大家の手前、言いにくいこともあるのだろう。

又兵衛はそれと察し、大番屋から従いてきた長元坊に目配せを送り、邪魔な大家を連れていかせた。

咲恵は安堵したのか、ほっと胸を撫でおろす。

「お世話になっているお方ですが、口が少し軽うございます」

「ふむ、そうであろうとおもった」

「平手さまのことは、主人に伺っておりました。『野に下って二年になるが、唯一、救ってくれた神だった』と。こうしてお目にかかって、わたくしにもわかりました。平手さまなら、何でもおはなしできそうな気がいたします」

むかしからの知己であるかのように、咲恵は親しげに接してくる。

又兵衛は調子に乗って、二年前の不幸な出来事について尋ねた。

真実はどうであったのか、確かめてみたい衝動に駆られたのだ。

咲恵はすっと立ちあがって茶を淹れてくれ、戻ってくると意を決したように喋りはじめた。

「きっかけは、小十人組の組頭であられた塩村監物さまからの密命にござりました」

「密命」

「はい」

五番方(ごばんかた)の下位に位置づけられる小十人組は、将軍御成(おな)りの際に先供(さきども)をつとめ、平時は千代田城内の小十人番所などに詰める。組は本丸(ほんまる)に七組、西ノ丸(にしのまる)に四組あり、各組は役高一千石の小十人頭のもとに組頭が二名置かれ、組頭は二十名ほどの組衆を率(ひき)いていた。

岩間数之進は塩村組の組衆であったが、塩村からさほど目を掛けられていたわけではない。にもかかわらず、公金着服を裏付ける書面らしきものを手渡され、もうひとりの組頭である尾木源太夫(おぎげんだゆう)の不正を内々に調べよとの密命を受けたのだという。

「生真面目(きまじめ)で不正や怠惰(たいだ)を嫌う夫は、正直なはなし、組のなかで浮いておりました。それゆえ、おはなしを聞いたときは、わたくしも首をかしげましたが、夫は『やっと組頭さまに認めてもらった』と、手放しで喜んでおりました」

意気に感じた岩間は尾木の不正を調べて取りまとめ、証拠となる帳簿なども整えて塩村に上申(じょうしん)した。ところが、塩村は岩間自身の手柄にするからとの理由をつけ、尾木の不正を小十人頭へ直々に訴えよと命じた。

「人のよい夫は命じられるがままに、尾木さまの不正を訴えました。帳簿が動かぬ証拠となり、尾木さまは罪に問われて自刃を遂げたのでございます」

されど、岩間はそのときから、針の筵に座らされることになった。身内の不正を暴いた裏切者との烙印を押され、とどのつまりは組に居場所を失ってしまったのである。

塩村は最初からそうなることを予測していたのか、救いの手を差しのべてもくれなかった。岩間は密命であったとも言えず、みずから禄を返上して野に下るしかなくなったのだという。

岩間が「嵌められた」と口走った理由はわかった。

塩村監物なる組頭はみずからの手を汚さず、岩間の生真面目で寡黙で融通の利かない性分を利用し、出世競争の相手を蹴落とすことに成功したのだ。

咲恵は目を伏せる。

「夫は騙されました。されど、やましいことはしておりませぬ。夫は優しい人です。隣人同士で、幼いころから存じておりました。大人になるにつれて、おたがいに惹かれてもいきましたが、わたくしは親の言うとおりに他家へ嫁ぎました。姑にいびられて出戻ってきたわたくしを、あの人は妻にしたいからと待っていてくれたのです。半年前、せっかく身籠もった子を失ってしまったときも、いっしょに泣いて励ましてくれました。それゆえ、わたくしは誓ったのです。お酒を浴びるほど呑もうが、博打にうつつを抜かそうが、この人からは離れない。どのような苦難に遭おうとも、生涯ともに暮らすのだと、心に固く決めたのでございます」

凜として言いきる咲恵のすがたは気高く、武士そのものではないかと見紛うほどであった。零落しても幕臣の矜持は失わぬ。そうした生き様こそが見習うべき人生の範であろうと、又兵衛はおもう。

「ただ、ひとつだけ悔やまれることがございます」

咲恵は顔を曇らせ、溜息を吐いた。

「夫の訴えによって、多大な迷惑をお掛けしたお方がございました」

誰あろう、当時の小十人頭であった。配下の組頭である尾木源太夫の罪を知り、みずから連座の責を負うかたちで役を辞した。そればかりか、重臣たちに上に立つ者の範を示すべく、家禄も返上して野に下ったのだ。

「かように清廉潔白なお方は、ほかに存じあげませぬ。奇しくも、夫のやったことのせいで、そのことがあきらかになったのでございます」

小十人頭は誰からも惜しまれ、千代田城から去った。

駿河台にあった大きな屋敷も他人の手に渡ったという。

「不幸は重なり、ご子息は病死し、小十人頭さまと奥さまもあとを追われるように亡くなられたと、風の噂でお聞きしました。ひとり残されたお嬢さまは、何処かの料理茶屋で下女奉公を余儀なくされておいでだとか。かような噂を聞くにつけ、申し訳ない気持ちでいっぱいになります」

涙ながらにはなす咲恵の唇をみつめ、又兵衛は妙な胸騒ぎをおぼえていた。

「咲恵どの」

「はい、何でござりましょう」

「野に下った小十人頭さまの姓名を、お聞かせ願えぬか」

「はい、都築主税さまにござります」

「……ま、まことか」

まちがいない。咲恵は静香やその父親について語っている。

「ちなみに、都築さまに代わって小十人頭に出世したのが、夫に密命を下した塩村監物さまにほかなりませぬ」

「何と」

役料三百俵から一千石へひとっ飛び、岩間を嵌めた組頭は二年前の出来事をきっかけに異例の出世を遂げていた。よほどあくどい手を使わねば、それだけの出世は望むことができまい。

又兵衛は弾かれたように立ちあがり、挨拶もそこそこに表口から飛びだした。

——ごおん。

鳴っているのは、正午を報せる鐘であろうか。

このときまで、静香と三日後に会うという約束を忘れていたのだ。

おもいがけないところで、静香の数奇な歩みがあきらかにされた。

これを運命と呼ばずして、何を運命と呼ぶべきか。

又兵衛は興奮を抑えきれない。この期に及んで冷静さを保つことが罪深いとさえ感じられた。

ともあれ、深川の霊巌寺門前へ急がねばならぬ。

混乱する頭でそれだけをおもい、奥歯を噛みしめて駆けに駆けた。

「おい、待ってくれ」

追いすがる長元坊の声も聞こえない。

かならず会って静香に告白するのだ。

御身のことはすべて承知していると。

あとはどうなろうとかまわぬ。夫婦になるかどうかは、また別のはなしだ。

ともかく、静香に会わねばならぬ。会って告白するのだ。

ふたりがいかに数奇な運命の糸で結ばれているのかを。

又兵衛は駆けながら、おのれに問いかける。

おぬし、すっかり、その気ではないか。

おのれらしくもないぞ。

いったい、どうしてしまったのだ。

まさか、会ったこともない相手に惚れたのか。

「くそっ」

行く手に鉄炮洲稲荷がみえてくる。

雨雲は低く垂れこめ、周囲は煙るような霧雨に包まれていた。

額から噴きだす汗も拭わず、稲荷橋を渡って高橋も渡りきる。

霊岸島を突っ切れば永代橋はすぐそばだが、橋詰めは遥かに遠く、容易にたどりつけそうにない。

「足が進まぬ」

亀にでもなった気分だ。

川風は突風となり、真横から吹きよせてくる。

竿から外れた幟が、くねくねと宙に舞っていた。

静香は床几に座り、ぶるぶる震えているのではなかろうか。

一心斎が遠慮して付き添っておらぬとすれば、たったひとりで淋しいおもいをさせていることになる。

「二度目だ」

二度もおなごを悲しませた。

そのことが申し訳なく、あまりにも口惜しい。

せめて、名物のお六団子だけでも食べていてくれ。

胸の裡で祈りながら、又兵衛は必死に駆けつづけた。

七

霊巌寺門前の団子屋に、静香らしきおなごは居なかった。

おろくに聞いてみると、それらしき女性は正午になるずっとまえから、半刻（約一時間）余りも床几に座っていたという。団子をすすめたところ、待ち人があるのでと断り、両手で包んだ茶碗からお茶だけを少しずつ呑んでいたらしい。

付き添う者とてなく、床几の片隅でひとりぽつねんと座りつづける。

「さぞや、心細かったであろうな」

静香の心情を推しはかり、又兵衛は申し訳ない気持ちでいっぱいになった。

悄然とした面持ちで八丁堀の屋敷に戻ると、帰る時刻を過ぎたというのに、賄いのおとよ婆が待っていた。

何と、四半刻ほどまえに、静香と名乗るおなごが訪ねてきたという。

「どうぞ、お気になさらぬよう。もう、お邪魔はいたしませぬゆえ」

と言い残し、去っていったらしい。

淋しげな後ろ姿だったと聞き、又兵衛はみずからのいたらなさを痛感した。

ともあれ、明日になったら一心斎に会い、静香のもとへ連れていってもらい、きちんと謝って誠意をみせるしかなかろう。

眠りも浅いままに朝を迎えると、仙人のような一心斎が表口に立っていた。

「昨日の夕方、静香が行く方知れずになった。ひょっとしたら、神隠しに遭うたのかもしれぬ」

「神隠し……」

まさか、巷間で騒がれている凶事(きょうじ)に巻きこまれたのだろうか。

そうだとすれば、神隠しではなく、何者かに拐かされたと考えるべきだ。

行方知れずになった頃合いから推すと、静香はここから帰路に就いた途上で拐かされたものと推察された。

「くだらぬ。何故、拐かされねばならぬのじゃ」

一心斎は憤然(ふんぜん)と発し、あがりもせずに帰っていった。

入れちがいに顔を出したのは、小者の甚太郎である。

「鷭(ばん)の旦那、あっしはみました。ええ、はっきりとこの目で、旦那の家を訪ねたおなごがこの近くで辻駕籠(つじかご)に乗せられるのをみたんですよ」

「落ちつけ。それは昨夕のことか」

「そのとおりで。横丁の辻から、ぴゅっと消えちまいました」

「どうして、昨夜のうちに教えてくれなかった」

「お知らせするつもりでしたが、何せ捕り物の手伝いに駆りだされちまったもんで。千住大橋の向こうまで行かされたんですよ」

捕り物が終わったのは真夜中で、足をはこぶ力が残っていなかった。死んだように眠り、はっと目覚めたら朝だったという。

「でもね、旦那、辻駕籠を担いでいた連中にはみおぼえがござんす。あれはまちがいなく、鼬の勘十の乾分どもでやした」

「まことか」

又兵衛は驚きつつも、静香が拐かされた理由に合点がいった。

おそらく、定町廻りの笹尾恭次郎が関わっている。家を見張らせていたのにちがいない。岩間数之進の件で又兵衛に反感を抱いた笹尾が、裏で通じている鼬の勘十に命じ、偶さか屋敷にやってきた静香を何処かへ連れていかせたのだ。

ただの嫌がらせなら、いずれ静香は戻されよう。

だが、本気でこちらを潰す気なら、戻されぬ公算は大きい。

すなわち、罪もない静香がとばっちりで命の危険に晒されるのだ。

おおかた、非力な内勤の与力だとおもって見くびっているのであろう。

「そっちがその気なら、とことん追いつめてやる」

又兵衛は吐きすてるや、甚太郎に先導させて鉄炮洲へ向かった。

大川の河口から吹きあげる風は強く、気まぐれな突風となって真横から襲いかかってくる。砂埃の舞う往来の向こうには、紺地に「勘」と白抜きされた太鼓暖簾がはためいていた。

阿漕（あこぎ）な地廻りの見世は、鉄炮洲稲荷の門前町に堂々と建っている。

「旦那、ここは地獄の一丁目だ。こっからさきには行きたくねえ」

「わかっておる。もう充分だ。おぬしが地廻りの連中から半殺しにされるのを、みたくはないからな。奉行所には具合が悪いゆえ今日も休むと言うておいてくれ」

「わかりやした。それじゃ、吉報をお待ちしておりやす」

「ふむ」

お調子者の甚太郎は尻を向け、ぺしっと尻っぺたを叩く。

気合いでも入れたつもりなのか、よくわからぬが、又兵衛は難しい顔で踵（きびす）を返し、勘十の見世へ向かった。

広い敷居をまたぐと、屯していた強面（こわもて）の連中が睨みつけてくる。

どうやら、歴（れっき）とした侍でも恐れるに足りぬらしい。

「南町奉行所与力の平手又兵衛だ。勘十はおるか」

町奉行所の与力と聞いて、及び腰になる者が何人かあった。

それでも、殺気を吹き飛ばすほどの力はない。

ひとりが奥へ走り、鬼瓦（おにがわら）のような面相（めんそう）の肥（こ）えた男があらわれた。

「手前が勘十にございますが」

発した声も重厚でふてぶてしく、この辺り一帯を仕切る親分の貫禄を感じさせた。

「おぬしの評判は聞いておる。相当な悪党らしいな」

「おっと、のっけからご挨拶でござんすね。あの、与力の旦那がいったい、手前なんぞに何のご用で」

「昨夕、おなごを拐かしたであろう」

「ふっ、何を仰るのやら」

「地廻りは、拐かしもやるのか」

「旦那、因縁でもつけに来られたんですかい」

「口を挟むな。拐かしは重罪だぞ。市中引きまわしのうえ磔獄門に処されよう」

「だから、やってねえって。何なら、廻り方の旦那衆にでも聞いてくださいよ。身の潔白はすぐに証明できやすから」

「ふん、廻り方なんぞ信用できぬわ」

又兵衛はわざと口調を荒らげてみせる。

「よいか、笹尾に言うておけ。拐かしたおなごに手を出したら、容赦せぬぞとな」

「脅しでござんすか。へへ、例繰方の旦那に何ができるって仰るんです。あんたは、はぐれなんでしょう。南町奉行所のなかに、仲間はひとりもいねえって、そう聞いておりますぜ」

勘十は鼻で笑い、乾分のひとりに顎をしゃくった。

乾分は帳場へ引っ込み、袱紗で覆った三方を運んでくる。

鼻薬を利かせるつもりであろう。

「旦那、そう熱くならずに。こちらへお座りくださいな」

又兵衛は誘われ、上がり端に尻をおろす。

とんと、目のまえに三方が置かれた。

袱紗を払うと、小判が無造作に積まれている。

「二十両ほどはありやしょう。それで足りなければ」

「いや、充分だ」

又兵衛は小判を摑み、じゃらじゃら音をさせながら三方に落とす。

乾分たちは身を乗りだし、にやにや笑っていた。

金に転ばぬ役人はいない、とでもおもっているのだろう。

「勘十よ、ちとそばに寄れ」

又兵衛が笑いかけると、勘十はのっそり近づいてくる。

「へへ、旦那も今日からお仲間だ。拐かしのことを黙っててていただければ、悪いようにはいたしませんよ」

「勘十、こいつは本物か」

又兵衛は小判を一枚摘まみ、ひらひらさせる。

勘十は顔をしかめた。

「あたりめえだ。不浄役人に贋金を摑ませる莫迦はいねえ」

「だったら、証明してみせろ」

「えっ」

又兵衛は左手を伸ばし、勘十の髷を摑む。

ぐいっと顔を引きよせ、口に小判を押しこんだ。

「ほら、歯形がつくまで嚙んでみろ」

「うえっぷ……ぐえほっ」

勘十は小判を吐きだし、血の混じった涎を垂らす。

歯茎でも傷つけたのだろう。

又兵衛は立ちあがり、乱暴に三方を蹴った。

乾分たちは唖然とし、抗うこともできない。

「勘十よ、こいつは序の口だ。嘗めたまねをしたら、本気で叩きつぶすからな。笹尾によく言うておけ。無理かもしれぬが、今のうちに改心せよとな」

これほどの啖呵を切ってみせるとは、正直、自分でも驚いた。

勘十はぎゅっと身を縮め、ぶるぶる怒りに震えている。

又兵衛が敷居から外へ出ると、怒鳴りつけてきた。

「糞与力め、寝首を掻いてやっからな、覚悟しとけ」

もはや、野良犬の遠吠えにしか聞こえない。

又兵衛は振りむきもせず、ゆったり歩きはじめた。

八

又兵衛はその足で一心斎のもとへ行き、永代寺門前の料理茶屋にまで案内させ、静香の足跡をたどろうとした。

「今さら誠意をみせても、後の祭りじゃ。わしにはおなごをみる目がある。おぬしはわしを信じようとせなんだ。それゆえ、静香は凶事に巻きこまれたのじゃ。

わかっておるのか、おぬしのせいでだいじな命が失われるかもしれぬ」

師の叱責が胸にこたえた。

虚しく帰路をたどるころには辺りもとっぷり暮れ、わずかに欠けたいびつな月が雲の狭間に見え隠れしている。

――ごおん。

遠くで鳴った鐘音は、亥ノ刻（午後十時頃）を報せる捨て鐘であろうか。

往来の木戸がばたばたと、急いで閉まる音も聞こえてくる。

川風に吹かれながら永代橋を渡り、霊岸島新堀に架かる豊海橋も渡りきり、腹を空かせた野良犬のように、大川端をとぼとぼ歩いているときだった。

新川河岸のほうから、ひょろ長い人影がひとつ近づいてきた。

月代を剃った目の落ち窪んだ侍で、年を言えば三十のなかばあたりか。

口端に笑みを浮かべているようにもみえるが、あきらかに殺気を纏っている。

寝首を掻いてやると吼えた鼬の勘十が、早々と刺客を送ってきたのであろうか。

それ以外に、おもいあたる節はない。

腰にあるのは「兼定」ではなく、刃引刀である。

脇差は心許ないし、朱房の十手も懐中にない。

それでも、何とかなるという自信だけはあった。

七間の間合いまで近づいたとき、相手が足を止めた。

かまわずに進もうとすると、相手は柄に手を添える。

仕方なく、又兵衛も足を止めた。

「平手又兵衛どのか」

予想とちがい、へりくだった物言いだ。

隙のない物腰から推すと、かなりできる。

「いかにも」

又兵衛はうなずき、首を少しかしげた。

「地廻りの刺客にしてはめずらしいな。礼を心得ておるようだ」

「くふふ」

相手はふくみ笑いをする。

「地廻りの刺客とは、ずいぶん見くびられたものだ」

「ちがうと申すのか」

「ああ、ちがう。わしはわしの一存でまいった。余計なことに首を突っこむな。

突っこまぬと約束するなら、命は取らぬ」

「余計なこととは、何であろうな」

「とぼけるな。おぬし、例繰方の分際で、市中を騒がす拐かしの真相を探っておるのであろう。手柄を立てるつもりなら、ほかで立てろ。金が欲しいなら、適当な取り分をあとで届けさせよう」

「取り分とは、どういう意味だ。仲間になれということか」

「仲間にはせぬ。黙ってみておれば、命までは取らぬと言ったはずだ」

「ひょっとして、おぬし、幕臣か」

当てずっぽうに言ったのに、相手は黙りこむ。

どうやら、図星らしい。

だが、笹尾恭次郎のごとき不浄役人ではなさそうだ。

又兵衛はたたみかける。

「ひとつだけ教えてほしい。おぬしは何故、悪事に加担するのだ。理由は金か、それとも地位か」

「金も地位も欲しい。されど、ひとつだけ理由を聞かれたら、立場上致し方のないことゆえ、としかこたえられぬ」

「なるほど、頭のあがらぬ上役がおるわけだな」

又兵衛がうなずくと、相手は眉をひそめた。

「さようなことを聞いて、どうするつもりだ」

「どうもせぬ。ただ、おぬしを返り討ちにするかどうかの目安にはなる」

「わしは小野派一刀流の免許皆伝ぞ。ぬおっ」

気合いを発し、相手は刀を抜きはなつ。

なかなか、見事な手並みだ。

「その慢心が命取りになるやもな」

「ぬうっ、言わせておけば図に乗りおって」

怒りで声が震えだす。

煽られたあげく、刺客になる腹を決めたらしい。

又兵衛は抜かず、すっと腰を落とした。

勝負は一瞬、踏みこんださきに待っているのは、はたして、地獄か極楽か。

「まいる」

刺客は一歩長に間合いを詰め、本身を猛然と頭上に振りかざす。

腰反りの強い刀身が、月光を映して煌めいた。

「へやっ」

大上段からの斬りおとし、一刀流の必殺技がくる。

身を反らして躱すか、それとも、十字に受けるか。

常道でいけば、ふたつにひとつしかない。

又兵衛はがっと地を蹴り、低い姿勢で踏みこんだ。

「なっ」

刺客は驚く。

間合いがあまりに近すぎて、斬りおとしができない。

踏みこむ側にしても、刀を抜く間合いではなかった。

事実、又兵衛は刀を抜いていない。

鼻を嘗めるほどまで迫るや、鷲摑みにした柄を持ちあげたのだ。

――がつっ。

柄頭が顎の骨を砕いた。

ひょろ長い刺客は声もなく、その場に頽れていった。

又兵衛の繰りだした技には「柄砕き」というきちんとした名がある。

香取神道流の伝書にも記された奥義は、刃引刀でも使える技だった。

おそらく、朝まで目覚めることはなかろう。
長元坊を寄こして、手当てでもさせてやるか。
仏心をみせたのは、刺客を買ってでた男が誰かに仕える身だからだ。
どうにかせねばならぬのは、男を意のままに使う上役にほかならない。
「いったい、誰なのだ」
又兵衛は襟を整え、何事もなかったように歩きだす。
川端の草叢が風に靡き、何者かの気配が過ぎった。
——なあご。
どうやら、野良猫らしい。
それとも、誰かが猫の鳴き声をまねたのであろうか。
「考えすぎか」
又兵衛は首を振り、艫灯りのみえる新川のほうへ遠ざかっていった。

九

長元坊が大川端へ駆けつけると、刺客は何処かへ消えたあとだった。
どうして放置したのかと叱られたが、責め苦を与えて吐かせようとしても、あの手の侍は自刃するにちがいないと察していた。ただ、こちらの力量を知った以上、敵もおいそれと手出しはできまい。少しは慎重になってくれることを期待した。

それから三日経っても、静香の行方は杳として知れない。

長元坊や甚太郎にも奔走させているが、端緒を摑むことすらできなかった。

しかも、定町廻りの笹尾恭次郎までが、すがたをくらましてしまった。

鼬の勘十は見世の板戸を頑なに閉ざし、不気味な沈黙を貫いている。

「ふん、やりすぎたのさ。馴れねえことをするからだ」

長元坊にたしなめられ、又兵衛はいっそう焦りを募らせた。

そうしたなか、人目を憚るように屋敷を訪ねてきた者がある。

日没手前の逢魔刻、往来を行き交う人影も輪郭を失う頃合いだ。

男は菅笠も取らず、表口で囁くように言った。

「拐かしのことで、お耳に入れたいことが」

又兵衛は藁にも縋るおもいで、男を敷居の内へ差し招く。

「こいつはどうも、恐れ多いことで」

菅笠を取ると、顎の長い商人の顔があらわれた。

「あっ、おぬし」

「へえ、五二屋の大戸屋七右衛門でございます」

「ふむ、そのようだな。まあ、あがれ」

「いいえ、こちらでけっこうにございます。手前のような者が与力さまのお宅で長話をしているわけにもいきませんので」

「されば、はなしを聞こう」

「はい。巷間を騒がせている拐かし、旦那もご推察のとおり、定町廻りの悪徳同心と鉄炮洲の地廻りが深く関わっております。拐かすのはいずれも小町娘と評される縹緻好しばかり、もちろん、金持ち連中相手に春を売らせて荒稼ぎしようって魂胆です」

七右衛門は一拍間を置き、じっと又兵衛の反応を窺う。そして、おもむろに喋りはじめた。

「一風変わっているのは、やつらは何人もの上客を持ってることです」

ただ、闇雲に拐かすのではない。上客の注文で名指しされた娘を拐かす。

「これなら取りっぱぐれはありませんし、高値で売りつけることができる。娘たちは上客の囲い者になり、客が飽きたら、その客の伝手でほかの客へ盥まわしにされる。その際の口銭も、悪党どもの懐中へはいるという仕組みで」

はじまりは二年ほどまえに遡り、神隠しと騒がれている娘たちのほかにも、大勢の娘たちが拐かしに遭っているという。

「蛇の道はへびというわけで、闇では以前から囁かれていたはなしです。されど、動かぬ証拠がなければ、ただの戯言、屁の突っ張りにもなりません」

「おぬし、証拠を握っておるのか」

「ええ、調べるのにずいぶん苦労いたしましたが、これも旦那のおかげと申しましょうか、旦那のもとを訪ねて拐かされた静香というおなご、詳しく探っていったら、悪巧みの根っ子になった人物に行きついたのですよ」

「根っ子の人物か」

「ええ、そいつは悪知恵のはたらく御旗本でしてね、出世のためなら人殺しだって何だってする。好色な上役どもに娘の好みを聞き、拐かした娘たちをあてがって、意のままに操る。思惑どおり、異例の出世を遂げちまったにもかかわらず、味を占めて上客の裾野を大名家のほうにまで広げていった。金儲けのためです。儲けた金をばらまき、やがては目付か遠国奉行か、それどころか、江戸町奉行にまで出世するかもしれません。さすがにそれだけは、手前としても勘弁だ。

今のうちに芽を摘んでおかないと、お江戸の秩序ってもんが崩れちまう」

又兵衛は耳を疑いつつ、七右衛門の顔をまじまじとみた。

「もしや、その旗本とは」

「手前の口からは申しあげられません。そいつが糞同心と腐れ縁だってのは調べ済みでしてね、じつは糞同心の筋から、上客の名と好みの娘たちの素姓が書かれた帳面を手に入れました」

「その帳面が、悪事の動かぬ証拠というわけか」

「いかにも。正直、どうしたらよいものか、扱いかねていたのです。何せ、つきあいのある廻り方の旦那たちは癖のある方ばかり、ちょっとしたきっかけで善にも悪にも転がる危うさがござります。されど、旦那はちがうようだ。はぐれと呼ばれ、南町奉行所のなかでもひとりだけ浮いておられるとか。にもかかわらず、地廻りの膝元に踏みこみ、あれだけの啖呵をお切りなさった。それだけではない。御旗本子飼いの凄腕を、ものの見事に仕留めてみせた」

又兵衛は片方の眉を吊りあげる。

「もしや、おぬし、大川端におった野良猫か」

「お察しのとおりで。信用できるおひとかどうか見極めようと、旦那の背中を尾けまわしておりました。へへ、こっちも命懸けなんでね」

「それで」

「だいじなお方を拐かされてお困りのご様子でもありましたから、ひとつ旦那に賭けてみようかと、こう考えた次第で」

「帳面を譲ってもらえるのか」

「ええ、そのつもりでまいりました。ただし、条件がひとつ」

七右衛門は顔つきを変え、肝心なことを口にする。

「帳面と交換に、御定書百箇条を頂戴できませぬか」

驚いた。できるはずがない。門外不出の御定書百箇条が市中に出まわれば、それこそ江戸の秩序は崩壊するかもしれぬ。逆しまに考えれば、今の世でもっとも高い値のつく書物は御定書百箇条にほかならなかった。

「手前は利によって動く商人にございます。重罪の証拠となる帳面を、只でお渡しするわけにはまいりませぬ」

眼前に佇む男が狡猾な狐にみえてきた。

「わかった」

迷いながらも、又兵衛は諾する。

七右衛門は緊張を解き、長い顎を震わせて笑った。

「くはは、人を見抜くのが手前の商売でしてね。おもったとおり、旦那は嘘の吐けないお方だ。ご信じ申しあげますよ。例繰方の与力さまなら、御定書百箇条は容易に手に入れられるはずだ。頃合いをみて、また伺います」

「ふむ、そうしてくれ」

「諾していただいたお土産に、静香っていうおなごのことをお教えしましょう」

「ん」

又兵衛が身を乗りだすと、七右衛門は一段と声をひそめる。

「あのおなごは上役の娘、そもそも、悪党旗本にとっては高嶺の花だった。おながが野に下ってからも未練は尽きず、折に触れては配下に命じて、行方を捜させていたそうです。そいつが、ひょんなことからみつかった。旦那の家を見張っていた糞同心のお手柄でね」

信じられぬし、腹も立ってくる。

静香が拐かされた背景には、因縁の糸が複雑に絡まっているようだ。

「ふふ、世の中ってのは、わからぬものです。運命はまわる糸車ってね」

「すると、静香は今、旗本の屋敷に囲われておるのか」

「さあて、そこまではわかりません。されど、亀戸村の外れにある御旗本の抱え屋敷には、高い塀に囲われた離れ座敷があるとか」

七右衛門はぺこりと頭を垂れ、菅笠をかぶって外へ出た。

門のそばまで見送ろうとすると、両手で押しとどめられる。

風のように去った質屋の背中を見送り、玄関へ戻りかけた。

すると、戸口の脇に、黒鞘に納まった刀が立てかけてある。

「孫六か」

抜かずとも、ひと目でわかった。

岩間数之進が賦役から戻されるのは明日だ。

待ちたい気持ちはあるが、岩間を待つ余裕はない。

今宵のうちに動きだし、何としてでも静香を助けださねばならぬ。

「よし」

又兵衛は気合いを入れた。

不思議なことに、まだみぬ静香への恋情がいや増しに募っていった。

十

亀戸村の抱え屋敷は羅漢寺の裏手にあり、猿江裏町の摩利支天にも近い。

だが、師匠の一心斎は呼ばぬことに決めていた。

「さすがに年だ。足手まといになろうからな」

長元坊は笑いながら、屋敷の門前に罠を仕掛けている。

「こいつは猪を狩る罠でな、踏めば鋭い歯で足首が挟まれる」

ここに来るまえに大戸屋七右衛門を訪ね、妙なものを手に入れてきたらしかった。

「運さえよければ、肥えた鼬が掛かるかもな」

長元坊は仕掛けを終え、そばに近づいてくる。

「でもよ、罠に掛かるのは、おれたちのほうかもしれねえぜ。あの顎長、今ひとつ信用できねえ」

「七右衛門は本気で御定書百箇条を欲しがっている。自分の損になるはなしは伝えぬはずさ」

「おめえはめでてえやつだから、そうやってすぐに他人を信じる。悪い癖だぜ」

「どうやら、そうでもなさそうだぞ」

物陰に隠れると、人影がひとつ門前に近づいてきた。

どう眺めても、風体は地廻りの手下にしかみえない。

手下は罠に掛からず、脇の潜り戸から内へ消えた。

又兵衛は長元坊に目配せを送る。

「な、言ったとおりだろう。あいつは鉄炮洲で見掛けた。鼬の手下にまちがいない」

「囚われているのは、静香だけじゃねえかもだぜ」

長元坊は首を差しだし、頑なに閉じた門を睨んだ。

役高一千石の小十人頭、塩村監物の抱え屋敷は、かつて同役に就いていた都築主税のものであったという。どのような運命の悪戯か、静香は幼いころから馴染んでいたかもしれぬ屋敷の一隅に幽閉されているのである。

「なるほど、三百俵取りの組頭が一足飛びに小十人頭まで出世できるはずはねえ。よほどの裏技を使わねえかぎりはな。そう考えれば、拐かした娘たちを好色な重臣どもにあてがって出世の手蔓を摑んだってはなしは、あながち突飛な作り話とも言いきれねえってことだ」

長元坊は七右衛門が語った内容を反芻し、ひとりで納得している。

「おめえを襲ったやつの素姓も、顎長から聞きだしてきたぜ。たぶん、組頭の倉渕主水って野郎だとよ。塩村の右腕でな、出生ははっきりしねえ。何処の馬の骨かもわからねえが、剣術の腕を見込まれて、塩村の犬になった。考えてみりゃ、岩間数之進も似たようなものかもしれねえ。隙をみせたから、騙されたのさ。気づいたときは後の祭り、あとで嵌められたとほざいても、負け犬の遠吠えにしか聞こえねえ」

「岩間数之進は、悪事と知らずに騙された。悪事と知りながら片棒を担いだ倉渕某とはちがう。ちがうことを、きっと証明してくれるはずさ」

「どうやって証明する」

又兵衛が黙ると、長元坊は鼻で笑う。

「ふん、塩村を斬らなきゃ証明にゃならねえ。はたして、負け犬にそれだけの根性があるかどうか。おれは尻尾を巻いて逃げるほうに賭けるぜ」

「それならそれでいいさ。咲恵どのも夫の命を危険に晒したくはなかろう」

「ま、そいつはさきのはなしだ。まずは、娘たちを救わなくちゃならねえ」

「ふむ、そろりとまいろうか」

ふたりは潜り戸を避け、縄梯子を巧みに使って塀を乗りこえた。
だだっ広い敷地内を移動し、庭を突っ切って奥をめざす。
母屋の端からさらに奥へ進むと、高い塀に囲まれた建物があった。
「あそこだな」
長元坊とうなずき合い、慎重に侵入経路を探す。
塀と塀の繋ぎ目に、身を入れられそうな隙間をみつけた。
苦労しながら、どうにか内へ忍びこむ。
振りかえっても、漆黒の空に月はない。
雨戸を外し、廊下にあがる。
みしっと、床が軋んだ。
――みしっ、みしっ、みしっ。
長元坊は重すぎるせいか、たてつづけに音を起てる。
仕方ないので、廊下からさきは又兵衛だけで進むことにした。
暗がりでも夜目は利くが、うっかりすると壁にぶつかりそうになる。
廊下を何度か曲がったさきに、灯りの漏れている部屋があった。
襖障子に耳を近づければ、か細い息遣いが聞こえてくる。

おなごだなと、すぐにわかった。

それも、ひとりではない。

覚悟を決め、すっと襖を開ける。

「ひっ」

短い悲鳴が漏れた。

「しっ」

唇に人差し指を当て、女たちを黙らせる。

「助けにきたのだ」

と、囁いた。

三人いる。いずれも、縄で後ろ手に縛られていた。

素早く近づき、縄を解きながら面相を確かめる。

「静香どのはおるか」

問いかけると、三人は首を横に振った。

みたところ、二十歳(はたち)手前の娘ばかりだ。

ともあれ、三人を助けださねばならぬ。

又兵衛の導きに応じ、蹌踉(よろ)めきながらも従いてきた。

部屋の灯りを手燭に移し、忍び足で廊下を戻る。

庭では長元坊が待っていた。

三人を託し、又兵衛は駆けるように廊下を進む。

娘たちをみつけた部屋を過ぎ、さらに奥をめざした。

「ん、そこか」

灯りの漏れている部屋がある。

襖障子に身を寄せると、嫌な汗が噴きでてきた。

突如、後ろのほうから男たちの声が聞こえてくる。

「いねえ、娘たちが逃げたぞ」

どたどたと、跫音が迫ってきた。

急いで襖を開くと、おなごが後ろ手に縛られ、柱に繫がれている。

飛びこんだ又兵衛に驚き、眸子を裂けんほどに瞠っていた。

「静香どのか、わしは平手又兵衛だ」

名乗りながら後ろにまわり、脇差で縄を切る。

「助けにまいった。おぬし、静香どのだな」

「……は、はい」

「逃げるぞ」

「無理です。足を挫いております」

「ならば、負ぶってやる」

背を向けて屈むと、静香は遠慮がちに負ぶわれた。

男どもの跫音が、すぐそばに迫っている。

「よいか、しがみついておれ」

「はい」

又兵衛は立ちあがり、脱兎のごとく駆けだした。

戸口にあらわれた男を撥ね飛ばし、静香を背負ったまま廊下を駆けぬける。

どんつきを曲がった陰には、段平を握った破落戸が立っていた。

「ふん」

爪先で鳩尾を蹴りつけ、後ろもみずに駆けだす。

今度は三人が縦になり、正面から鬼の形相で迫ってきた。

「ぬわああ」

大声で威嚇しながら突進すると、三人とも腰を抜かしてしまった。

廊下をまっしぐらに駆けぬけ、外へ躍りだす。

長元坊がいない。

塀の一部が崩壊し、大きな穴ができていた。

穴を抜け、庭を突っ切り、脇目も振らずに駆ける。

「こっちだ、こっち」

開けはなたれた正門の脇で、長元坊が手を振っていた。

「逃がすな、捕まえろ」

追っ手どもが後ろから、どっと駆け寄せてくる。

なかには、抱え屋敷の用人らしき侍たちもいた。

束(たば)にまとめてやり合うには、厄介(やっかい)な人数だろう。

転びそうになりながらも、どうにか長元坊のもとに行きついた。

「間に合ったな。へへ、娘たちはあっちの木陰に隠れている。どうした、いつまでおなごを背負っている」

「足を挫いておるのだ」

「ちっ、そうか」

門の敷居をまたいだところで、静香が強引に降りた。

「平手さま、足手まといになりとうございませぬ」

「えっ」

「存分に闘ってくださいまし」

武家の娘らしく凛然と言いはなち、足を引きずりながら木陰へ向かおうとする。

「その辺りに罠を仕掛けてある。まわりこんでいけ」

長元坊に言われ、静香はしっかりうなずいた。

又兵衛は万倍の勇気を貰った心持ちになった。

「へへ、まんざらでもなさそうだな」

長元坊は笑いながら、追っ手のなかへ躍りこんでいく。

「ふわああ」

又兵衛もつづいた。

刃引刀を抜き、向かってくる破落戸どもを叩きのめす。

狙いは鎖骨だ。

――ばすっ。

骨の折れた鈍い音とともに、悲痛な叫びがあがった。

「殺れ、殺っちまえ」

後ろのほうで叫んでいるのは、鼬の勘十であろうか。

多勢に無勢のはずが、敵はどんどん数を減らしていく。

ふたりの進む道には怪我人の山が築かれ、気づいてみれば、抗う者もいなくなっていた。

ところが、肝心の勘十がいない。

「鼬め、逃したか」

又兵衛は荒い息を吐き、周囲の暗闇に目を凝らす。

門の向こうに、人影がひとつ蠢いた。

「あぎゃっ」

悲鳴があがる。

「へへ、鼬が罠に掛かったぜ」

長元坊は小躍りし、門前へすっ飛んでいく。

又兵衛は刃引刀を鞘に納め、悠然と歩を進めた。

ちょうどそこへ、お調子者の甚太郎がやってくる。

「鷭の旦那、遅ればせながら参上しやした。ご指名の旦那もお連れしやしたぜ」

甚太郎の後ろで息を弾ませているのは、定町廻りの桑山大悟であった。

融通の利かぬぼんくら同心だが、正義の欠片だけはどうにか携えている。

少なくとも、又兵衛はそうみていた。

「平手さま、これはいったい、どうしたことにござりましょう」

「甚太郎から聞いておらぬのか」

「いえ、だいたいは聞きました」

「でえごよ、おぬしにはくちなわ一味の件で貸しがあったな」

「はあ、まあ」

「またひとつ貸しだ。猪獲りの罠に掛かった鼬をくれてやる。手柄にしろ」

「よろしいんですか。されば、そのように」

桑山は十手を抜き、勘十のもとへ向かう。

「こいつめ、白目を剝いていやがる」

因縁でもあるのか、ぺしっ、ぺしっと、月代を掌で何度も叩いている。

近くの番屋に報せれば、小者たちも押っ取り刀で駆けつけてこよう。

縄を打たれた勘十は斬首、乾分どもは遠島か江戸払に処せられる。

三人の娘たちも、桑山に任せておけば親元に帰してもらえよう。

「おい」

長元坊に呼ばれ、又兵衛は振りむいた。

眼差しを向けたさきには、頬を桜色に上気させた静香が佇んでいた。

十一

翌晩遅くなってから、岩間数之進が妻の咲恵をともなって訪ねてきた。

又兵衛はそんな予感もしたので、おとよ婆に酒膳まで仕度させていた。

さっそくふたりを部屋に差し招き、一献かたむけたのである。

岩間は畳に両手をついた。

「何から何まで、平手どのには御礼のしようもござらぬ」

「まあ、かしこまらずに」

酒を注ごうとすると、逆しまに咲恵が膝を寄せ、銚釐をかたむけてくれた。

岩間は小鼻を張って喋りだす。

「長元坊どのから、昨夜の捕り物についても伺いました。鼬の勘十が市中を騒がせる拐かしの下手人だったとは……用心棒になりさがった身としては、穴があったらはいりたい心持ちにござる」

又兵衛は咲恵に注がれた酒を嘗め、穏やかに笑った。

「おぬしは何ひとつ知らなかった。みずからを責めぬほうがよい」

「いいえ、こたびのことで、それがしは自分がほとほと嫌になり申した。勘十を手先に使って拐かしをやらせていたのが、何とあの塩村監物であったとは……塩村のごとき悪党に騙され、それがしは尾木源太夫の不正をあきらかにしたのでござる。そのせいで、小十人頭の都築さまは野に下ってしまわれた。しかも、お嬢さままで恐ろしい目に遭わせてしまったとあっては、まことにもって面目次第もござらぬ」

「気持ちはわかる。されど、すでに終わったことだ」

投げやりな口調で言うと、岩間は食ってかかる。

「終わった。本気で、そう仰るのでござるか」

「ああ、そうだ。一千石取りの旗本を裁くのは、容易なことではない。昨夜の捕り物にしても、抱え屋敷の外で起こったこと。拐かしについても、首謀者はあくまでも鼬の勘十であり、かりに訴えたとしても、塩村監物は罪に問われぬ公算が大きい。本人が否定すれば、目付筋も藪を突っつこうとはすまい」

「何と理不尽な」

吐きすてる岩間を、又兵衛は睨みつけた。

「塩村はこういうときのために、重臣たちに金をばらまき、おなごをあてがってきた。腐った連中を探そうとおもえば、千代田の御城にいくらでもおるであろう。そやつらの面前でいくら正義を語っても、馬の耳に念仏というわけさ」

「本物の悪党は裁かれぬ、ということでござるか」

又兵衛はうなずいた。

「少なくとも、町奉行所の例繰方には何もできぬ。脇質から預かった帳面を御奉行にみせても、渋い顔をなさるだけであろう。錚々たる重臣たちを淫行の罪で捕まえれば、幕府の権威は地に堕ちる。正義と権威を天秤に掛ければ、さすがの御奉行も二の足を踏まざるを得まい。とまあ、そういうことだ」

岩間は拳を固め、どんと畳を叩く。

「くっ、まちがっておる」

「怒りたいのはわかる。されど、おぬしは後ろを振りかえらず、前だけをみたほうがよい。咲恵どのはおぬしと夫婦水入らず、穏やかに暮らせる日々を望んでおられる。ご妻女を悲しませぬためにも、おぬしは心を入れかえねばならぬ。幸い、勘十への借金も帳消しになったことだしな。そのために、賦役で頭を冷やしてきたのであろう」

苦いはなしを交えつつ、又兵衛は巧みに煽ってみせる。

どうやって決着をつけるかは、岩間本人が決めることだ。

「平手どの、わしもそれほど莫迦ではない。貴殿のまことの気持ちは、よくわかる。なるほど、わしは負け犬になりさがった。この二年、何とか浮上しようと藻掻いたが、世間はそう甘いものではない。離れてみれば、痛いほどわかる、禄を頂戴する宮仕えのありがたさがな。何もかもが虚しかった。咲恵に掛けることばも、慰めにはならぬとわかっていた。もちろん、長屋の貧乏暮らしも捨てたものではない。隣近所の人情に触れ、どれだけ助けられてきたことか。宮仕えの煩わしさをおもえば、わしらには合っているのかもしれぬ。されど、今のままでは、死ぬまで虚しさは消えぬ。二年前の出来事に決着をつけぬかぎり、わしら夫婦にまことの平穏は訪れぬのだ。平手どの、負け犬にも意地はある。わしは塩村監物を討つと決めた」

又兵衛は岩間から目を逸らし、かたわらの咲恵をみた。

夫の性分を熟知しているからか、動じる様子は微塵もない。

痩せても枯れても武士の妻ならば、白鉢巻に白襷で助っ人に馳せ参じる覚悟にござりますと、その目は語っているかのようだ。

もちろん、岩間をあたら死なせるわけにはいかない。

又兵衛は、しっかりうなずいた。

「承知した。わしが見届人になろう」

「えっ、どういうことにござるか」

「立場上、闇討ちをすすめるわけにはまいらぬ。それゆえ、おぬしには果たし状を書いてもらう」

「果たし状」

「さよう。塩村監物に一対一の尋常な勝負を挑むのだ」

「……う、受けてくれようか」

興奮を抑えきれず、岩間は声を震わせる。

あらかじめ策を練っていたので、又兵衛はいたって冷静だった。

「受けさせるべく仕向けるしかない。そのために、脇質から預かった帳面がある」

双方の合意があれば、侍同士の果たし合いは成立する。時と場所を選び、世間を騒がせるほどのものにならねば、両者が罪に問われることはない。又兵衛の記憶しているかぎり、果たし合いで勝敗を決した侍を裁く法度はみつからなかった。

「岩間どの、勝ち負けは時の運。塩村監物の罪は、果たし合いの行方に委ねられる。すなわち、おぬしが負ければ、罪も水泡と消えてなくなる。それでもよいのか」

「望むところにござる」

ほんの一瞬であったが、咲恵が悲しげな顔をした。

夫を失う場面が、脳裏を過ぎったのかもしれない。

やはり、死地に送りだしたくはないのであろう。

それが妻の本音に決まっている。

おぬしならどうすると、静香に聞いてみたくなった。

又兵衛は昨晩、この件にけりをつけたら、かならず迎えにいくと、物の弾みで言ってのけたのだ。

長元坊によれば、声がひっくり返っていたという。

静香は仰天しつつも、目に涙を溜めながらうなずいてくれた。

目のまえに座る岩間数之進と咲恵は、ともに数々の辛酸を嘗めつくし、楽しいことも辛いことも、何もかも分かちあってきた。又兵衛の目には、もはや、一心同体にしかみえない。

独り身のほうが気楽でよいと、心の底からずっと信じてきたはずなのに、ふたりを眺めていると、所帯を持つのも悪くないとおもってしまう。

こうしていても、静香への恋情は募るばかりだ。

「されば、平手どの、今一度ご面倒をお掛け申す」

岩間は今晩じゅうに果たし状をしたため、明朝には届けると約束した。

又兵衛は直々に塩村を訪ね、果たし状を突きつける腹を決めている。

塩村は拒むまい。

聞くところによれば小野派一刀流の手練で、配下の倉渕より強いとも評されていた。

じつは、岩間も同流の免状持ちだが、塩村と竹刀で闘って勝ったためしはなかった。それは本人の口から聞いたのではなく、長元坊が仕入れてきた家中の噂にすぎぬが、まことならば、剣客同士の真剣勝負に塩村が乗らぬはずはない。

乗らぬというなら、その場で刺しちがえてもよいとまで、又兵衛はおもっている。

何故そこまでやらねばならぬと、もうひとりの自分に問いかけられても、成りゆきゆえとしかこたえられない。卑劣きわまりない悪党を、いつまでものさばらせておくわけにはいかぬ。対峙する好機が得られるのならば、逃す手はないではないか。

いずれにしろ、早急に決着をつけねばなるまい。

静香のためにも、塩村監物を許す気などさらさらなかった。

十二

翌十七日夜、築地采女ヶ原。

岩間数之進は果たし状を書いた。

侍にあるまじき行状の数々が激越な文言で並び、臆病者の誹りを受けたくなければ尋常に勝負せよと記されてあった。

各々、見届人はひとりまでと条件をつけた。

塩村が連れてくるとすれば、誰よりも深く悪事に関わってきた者であろう。

が、はたして、塩村監物はあらわれるのか。

「かならず来る」

と、又兵衛は確信している。

駿河台の屋敷において目通りがかなったのは、今から二刻（約四時間）ほどまえ、暮れ六つ（午後六時頃）も近づいたころのことだ。塩村は一見したところ、風貌にこれといった特徴はない。ただ、抱え屋敷での顚末を告げた途端に目つきが変わり、怒りをあらわにした天狗のような面相になった。

又兵衛は自分は使いっ走りにすぎぬと言いおき、岩間から預かった果たし状と七右衛門から入手した帳面を差しだした。岩間とは偶さか呑み屋で知りあって意気投合した仲にすぎず、成りゆきで果たし状を預かりはしたものの、本音を言えば、自分の立場を危うくするようなまねはしたくない。果たし合いでさっさとけりをつけてもらい、そののちは自分を相談役の御用頼みにしてほしいと、売りこんだのである。

嘘も方便と割りきったが、もちろん、信用されたとはおもっていない。ただ、勘十の悲惨な末路を知る塩村の身になれば、来ないはずはないという確信だけはあった。

夜空を見上げると、立待月がある。

出が遅くなってきたいびつな月は、塩村の心情をあらわしているかのようだ。

雑草の生い茂る野面のただなかには、柿色の筒袖を着けた岩間が立っている。

不動明王のごとく微動だにせず、唇を横一文字に結んでいた。

腰にあるのはもちろん、先祖伝来の孫六兼元にほかならない。

岩間が笑って言うには、七右衛門に借りた三両は果たし合いののち、利子を付けて返すつもりだという。

どうやって返すのかと、又兵衛は問うのを止めた。

今は余計なことを考えさせてはならぬ。わずかな気の緩みが死を招くことは、痛いほどわかっていた。

又兵衛は塩村と対峙し、並々ならぬ力量を感じとったのである。

勝負はどちらに転ぶかわからぬ。ほんの些細な心の隙が勝敗の分かれ目になるという予感はあった。

――うおおん。

闇夜に響きわたるのは、山狗の遠吠えであろうか。

すでに、約束の亥ノ刻は過ぎていた。

一陣の疾風が吹き、裾を攫っていく。

「来た」

人影がふたつ、三十間堀に架かる新シ橋のほうからあらわれた。

苔生した馬頭観音の脇を抜け、野面へ深々と踏みこんでくる。

まちがいない、光沢のある黒い羽織を纏うのは塩村監物であった。

予想どおり、連れてきた相手は黒羽織の小銀杏髷、笹尾恭次郎であろう。

頬に古傷のある腐れ同心が拐かしの絵図を描いたのではないかと、従前から睨んでいた。

又兵衛は岩間から離れ、わざと敵味方の判別がつき難い立ち位置に身を置いている。

塩村と笹尾は慎重に近づき、十間ほどの間合いで岩間と対峙した。

「なるほど、おぬしか。正直、面相も忘れておったわ」

塩村は嘲るように吐きすて、羽織を脱いで笹尾に抛る。

岩間は声を張った。

「一時は忘れようとおもった。おぬしのごとき悪党の配下であった記憶を消してしまいたいと望んでおった。されど、おぬしの許し難い所業を知り、侍として見過ごせなくなったのだ」

「負け犬めが、何をほざいておる」

「塩村監物、おぬしを放置すれば、市中にさらなる災いが降りかかってこよう。

それゆえ、天に代わって成敗するのだ。覚悟せよ」

「ふん、笑わせるな。死に損ないの犬めが、何を気取っておる。忘れたのか、板の間で何度か稽古をつけてやったな。面相は忘れても、太刀筋だけはおぼえておるぞ。それが剣客という者。ふふ、おぬしはわしに勝てぬ。足労するのも面倒であったが、負け犬に引導を渡すべく参上したのだ。正直なことを言えば、久方ぶりに生身の人が斬りたくなったのよ」

塩村は腰を屈め、すっと本身を抜いた。

おもったとおり、見事な手並みだ。

刀は三尺に近い剛刀であった。

「おぬしには勝てぬ」

塩村に煽られるように、岩間も孫六を抜きはなつ。

ふたりはざざっと駆けより、五間の間合いに迫った。

双方ともに、大上段からの斬りおとしが必殺技である。

又兵衛が予想したとおり、両者は刀を頭上に翳していった。

屹立した二本の刀身がぴたりと止まり、月光を反射させる。

ごくっと生唾を呑んだのは、後ろに控える笹尾であろうか。

又兵衛は息をするのも忘れて、対峙するふたりを注視する。
一合、二合と、手の内を探り合うようなことはせぬはずだ。
まちがいなく、勝負は一撃で決する。
生き残るのは、地獄の入口で待てる勇気のあるほうだ。
後の先を取り、相手よりわずかに遅れて斬りおとす。
それこそが、斬りおとしの極意にほかならない。
未熟者はさきに動き、つぎの瞬間、身をふたつにされる。
いずれにしろ、死んだ気にならねば、一刀流の奥義は使えない。
ふたりは大上段に刀を構え、長いあいだ、じっと動かずにいた。
動いたほうが負けだと、双方ともにわかっているのだ。
しかし、いつまでも同じ姿勢でいられるはずもない。
肘に震えがきたのは、塩村のほうだった。
こうなれば、仕掛けるよりほかにない。
「うりゃ……っ」
塩村は気合いを発した。
先手を取っても勝てるという慢心が、鈍い足のはこびに伝わり、斬りおとしの軌道を波打ったものに変える。
もちろん、傍でみていてもわからない。
微妙なずれを把握できるのは本人と、面と向かう相手だけなのだ。
――びゅん。
二本の刀身は風を孕み、ほぼ同時に斬りさげられた。
勝敗の行方はわからない。
ふたりとも切っ先を下ろし、向きあったままでいる。
時が凍りついたかにおもわれた。
そのとき、塩村の月代に、ぴっと亀裂がはいった。
ぱっくり開いた亀裂から、突如、黒い血が噴きあがる。
まるで、墨で描かれた龍が立ちのぼったかのようだった。
塩村監物はいびつな月を睨み、海老反りの恰好で倒れていった。
「ぬわああ」
生き残った岩間が吼えている。
身を反らし、あらぬかぎりの声を喉から絞りだす。
もはや、負け犬ではない。

岩間数之進は、見事に本懐を遂げたのだ。

「くそっ、死ね」

我に返った笹尾が刀を抜き、後ろから岩間に迫った。

が、斬りつけようとした瞬間、血を吐いて前のめりに倒れる。

一刀のもとに、脇胴を抜かれていた。

又兵衛があらかじめ動きを予想し、気配もなく迫っていたのだ。

悪党旗本の走狗となった同心を、最初から許す気はなかった。

右手にはいつもの刃引刀ではなく、和泉守兼定を握っている。

刀身の血を懐紙で拭い、又兵衛は素早く納刀した。

一方、岩間は納刀するのも忘れ、両膝を地べたに落とす。

丸めた背中を震わせ、おんおんと慟哭しはじめた。

今は好きなだけ泣かせてやるしかあるまい。

又兵衛は岩間数之進から離れ、一部始終を眺めていたはずの馬頭観音のうえに腰を下ろした。

十三

夏至になると、市中は蒸し蒸しする暑さに包まれ、冬が恋しくなってくる。

金魚売りに団扇売り、心太売りに冷水売りと、涼を売る物売りが露地をのんびり行き来し、盥で黒髪を洗う嬶ぁすらも艶めいてみえた。

濡れ縁の軒に吊葱を吊るし、ちりんと音が鳴るのを待ちながら庭を眺めている。

日が暮れれば、少しは夕涼みのできそうな風も吹いてくれるだろう。

又兵衛は期待しながら、ひとり淋しく団扇を揺らす。

岩間数之進と妻の咲恵は、北へ旅立っていった。

咲恵のこぼれんばかりの笑顔が忘れられない。

夫婦水入らず、平泉の辺りまで足を延ばすつもりらしい。

餞別に十両ほど渡してやった。

自分の金ではない。脇質の大戸屋七右衛門に出させた金だ。

七右衛門がいなければ、こたびの件は解決できなかったであろう。

多大な貢献に報いるには、約束どおり、御定書百箇条を譲り渡さねばならなかった。

それゆえ、又兵衛はみずから大戸屋を訪ねたのだ。

「首を長くして待っておりましたよ」

満面の笑みで迎えた七右衛門にたいし、又兵衛は預かっていた帳面を差しだした。

「これは返す」

「返すと言われても、出涸らしの茶を寄こされたようなものです。手前が欲しいのは、例のものだけでござります」

「すまぬが、御定書百箇条を渡すわけにはいかぬ。ただし、約束は守る。せっかく信じてくれたおぬしを裏切るわけにはまいらぬからな」

「どういうことにござりましょう」

七右衛門が眉をひそめると、又兵衛はおもむろに何かを唱えはじめた。

あまりにも早口で聞きとるのさえ苦労したが、どうやら、それは御定書百箇条の条目にほかならなかった。それと気づいた七右衛門は急いで帳面を取りだし、筆を嘗めながら必死に手を動かしたが、途中であきらめてしまった。

又兵衛は条目を一言一句漏らさずに言い終え、茶を一杯所望した。

「旦那、あんまりな仕打ちだ」

七右衛門は溜息を吐きながらも、あきらめのついたようなこざっぱりした顔を向けてきた。

「教えてほしくば、いつでも訪ねてくるがよい」

ついでに、聞き料として要求した十両を、岩間夫婦の路銀にまわしたのである。

七右衛門はなかば、予想していたようだった。

定町廻りの笹尾恭次郎には嫌なおもいをさせられてきたし、鼬の勘十は商売敵でもあったので、居なくなってくれただけでもよしとしなければならない。

御定書百箇条が手にはいらずとも、得になる算段はできていた。

それゆえ、まがりなりにも約束を果たそうとした又兵衛の律儀さに、十両払っても惜しくはないとおもったようだ。

脇質への義理を果たし、岩間夫婦の新たな門出も見送った。

又兵衛にとって最大の懸念は、静香のことである。

意志は伝えてあった。

「気が向いたら、遠慮せずに来てほしい」

と、一心斎を介して、こちらの気持ちは伝わっているはずだ。

それを証拠に、静香からも「お邪魔させていただきます」との返事があった。

ぎこちないやりとりだが、ひとつ屋根の下でともに暮らせば、何もかも上手くまわりはじめるにちがいない。

今朝方、静香から「今宵伺います」との返事が届いた。

ゆえに、又兵衛は朝からずっと落ちつかない心持ちでいる。

遠くの空を見上げれば、茜色に染まっていた。

ふらりと訪ねてきたのは、坊主頭の長元坊だ。

「へへ、もうすぐ来るんだろう」

「ああ」

「おっと、おれは邪魔者か。所帯を持った途端、邪険にされそうだな」

「淋しかったら、いつでも相手をしてやる」

「おいおい、その気になるのは早えんじゃねえのか。女ってのは魔物だぜ。かみさんの座に着いた途端、ころっと人が変わるかもしれねえ」

「静香にかぎって、そのようなことはないさ」

「誰それにかぎって、ってのがくせものなのよ。ましてや、おめえは筆下ろしも済ませていねえ、おぼこだかんな」

「こいつ、言わせておけば」

立ちあがったところへ、今度は一心斎がひょっこりあらわれた。

「又兵衛、まいったぞ」

「あっ、お師匠さま」

「静香も連れてきたぞ。おぬしさえよければ、今宵からここで暮らしたいそうじゃ。無論、ちと図々しかろうから、師匠のわしでも頼みづらい。そうこたえたのじゃが、どうであろうかの」

「かまいませぬよ。どうせ、独り身ですし」

「まことか、ぬはは、さすがわが弟子、手塩に掛けて育てた甲斐があったというものじゃ。ささ、みなさま、こちらへ」

一心斎はいったん居なくなり、門の外へ向かった。

長元坊が囁いてくる。

「あの仙人、みなさまと言わなかったか」

たしかに、又兵衛もそう聞いた。

戸惑っていると、一心斎が静香を連れてくる。

静香だけではない。初老の男女が後ろから従いてきた。

「又兵衛、ご挨拶せよ。都築主税どのとご妻女の亀(かめ)どのじゃ」

「へっ、亀どの」

又兵衛は棒を呑んだような顔になる。

静香は何と、両親を連れてきたのである。

妙なはなしだ。両親は亡くなったのではなかったのか。

誰に聞いたのかおもいだそうとして、又兵衛は考えこむ。

「何を難しい顔をしておる。ご両親が亡くなったなどと、ひとことも言うたおぼえはないぞ」

たしかに、一心斎から聞いたのではない。

「あっ」

善六長屋に咲恵を訪ねたとき、両親は亡くなったという噂話を聞かされたのだ。

かつて幕府の重職に就いていたはずの都築主税は、さきほどからひとことも喋らず、三番叟(さんばそう)の翁(おきな)のように笑っている。

「じつは、半年ほどまえから、まだら惚(ぼ)けがひどくなりまして」

亀という妻女が、申し訳なさそうに言った。

「……ま、まだら惚け」

「さようにござります。かような両親もふくめて、まことに今宵からお世話になってもよろしいのでしょうか」

と、静香も心配そうに尋ねてくる。

固唾を呑んでみつめられたら、できぬとは言えない。

糞意地を張ってでも、できぬとは言うまい。

武士とは、そうしたものだろう。

長元坊は横を向き、懸命に笑いを堪えている。

――待ってくれ、聞いておらぬぞ。

胸の裡に繰りかえしても、ことばにはできない。

それに、両親を連れてきたせいで、静香への恋情が薄まったわけでもなかった。

「いっしょに住めば、そのうちに気持ちも通じてくる。人というものは、どうとでもなるものじゃ。ま、これも運命とおもうて、快く受けいれよ」

一心斎の台詞など、屁の足しにもならぬ。

だが、運命なら、受けいれねばなるまい。

静香が一歩踏みだし、まっすぐに目をみつめてくる。

「又兵衛さま、帰れと言われれば、素直に帰ります。されど、受けいれてくださ れば、生涯、お慕い申しあげます」

瑠璃のごとき囀りが、冷静な思考を掻き乱す。

動揺しすぎて、頭がはたらかなくなっていた。

「……な、何を申しておる。わしが受けいれぬとでも」

常々、厄介事だけは避けたいとおもいながら暮らしてきた。それゆえ、独り身を通してきたはずなのに、勢いで大見得を切っている。又兵衛はそんな自分が不思議でもあり、何故か誇らしくもあった。

「いや、めでたい」

長元坊が手を叩くと、門の外から甚太郎がやってくる。

掲げた笊のうえには、目の下二尺余りの鯛が載っていた。

「鶴の旦那、さっそく、お祝いに参上しやした」

甚太郎につづいて、近所の酒屋が角樽をぶらさげてきた。

「気の早えのが、江戸者のいいところ。へへ、支払いはつけにしといたかんな」

長元坊は嬉々として叫び、鯛の尾鰭を摑んで頭上に衝きあげる。

「うおっほほ」

静香の父が笑いながら両手をあげた。

つられて、みなも両手をあげたりさげたりを繰りかえす。

「めでたい、めでたい……」

盆と正月がいっしょに来たかのようだ。

静香が怖ず怖ずと身を寄せ、手を握ってくる。

「どうにも、夜が長くなりそうだな」

又兵衛は強く握り返し、渋い顔でつぶやいた。

この作品は双葉文庫のために書き下ろされました。

双葉文庫

さ-26-38

はぐれ又兵衛例繰控（またべえれいくりびかえ）【一】

駆込み女（かけこおんな）

2020年10月18日　第1刷発行
2023年11月20日　第7刷発行

【著者】
坂岡真（さかおかしん）

【発行者】
箕浦克史
【発行所】
株式会社双葉社
〒162-8540 東京都新宿区東五軒町3番28号
［電話］03-5261-4818(営業部)　03-5261-4868(編集部)
www.futabasha.co.jp(双葉社の書籍・コミックが買えます)
【印刷所】
中央精版印刷株式会社
【製本所】
中央精版印刷株式会社

【フォーマット・デザイン】
日下潤一

ISBN978-4-575-67020-2 C0193
Printed in Japan

風野真知雄　**わるじい慈剣帖（四）ばあばです**　長編時代小説〈書き下ろし〉

長屋の二階から忽然と消えたエレキテル。没収しようと押しかけた北町奉行所の捕り方たちも目を白黒させるなか、桃太郎の謎解きが光る。

金子成人　**ごんげん長屋つれづれ帖【一】かみなりお勝**　長編時代小説〈書き下ろし〉

根津権現門前町の裏店を舞台に、長屋の人情や親子の情をたっぷり描く、くすりと笑えてほろりと泣ける傑作人情シリーズ、注目の第一弾！

小杉健治　**蘭方医・宇津木新吾　奇病**　長編時代小説〈書き下ろし〉

松江藩のお抱え医師に復帰した宇津木新吾は余命幾ばくもない側室の療治を命じられた――。人気シリーズ第十二弾!!

坂岡真　**照れ降れ長屋風聞帖【一】大江戸人情小太刀**　長編時代小説

長屋で仲人稼業のおまつの尻に敷かれる浅間三左衛門。しかしこの男、滅法強い！　江戸の粋と人生の機微が詰まった名作、待望の新装版。

坂岡真　**照れ降れ長屋風聞帖【二】残情十日の菊**　長編時代小説

居合の達人と洗濯女の仲を取り持った浅間三左衛門。だが契りを結んだ後、男は姿を消した。行方を追う三左衛門は男の苛烈な運命を知る。

坂岡真　**照れ降れ長屋風聞帖【三】遠雷雨燕（えんらいあまつばめ）**　長編時代小説

狙いは天下の越後屋――凶賊雨燕が再び蠢き出す。一方の越後屋にも言うに言えぬ秘密があった。三左衛門の人情小太刀が江戸の悪を撃つ！

坂岡真　**照れ降れ長屋風聞帖【四】富の突留札（つきどめふだ）**　長編時代小説

突留百五十両を当てたおまつら女四人が賊に襲われた。庶民のささやかな夢を踏みにじる卑劣なカラクリを三左衛門の人情小太刀が斬る!!

坂岡真　照れ降れ長屋風聞帖【五】
あやめ河岸（がし）
長編時代小説

殺された魚問屋の主の財布から、別人宛ての遊女の起請文が見つかった。痴情のもつれを装って闇に蠢く巨悪を、同心の半四郎が追う!!

坂岡真　照れ降れ長屋風聞帖【六】
子授け銀杏（いちょう）
長編時代小説

照降長屋に越してきた剽軽な侍、頼母が身請け話の持ち上がっている芸者に惚れた。三左衛門らは一肌脱ぐが、悲劇が頼母を襲う。

坂岡真　照れ降れ長屋風聞帖【七】
仇だ桜（あだざくら）
長編時代小説

幕臣殺しの下手人として浮上した用心棒は、三左衛門を兄の仇と狙う弓削冬馬だった!!　満開の桜の下、ついに両者は剣を交える。

坂岡真　照れ降れ長屋風聞帖【八】
濁り鮒（にごりぶな）
長編時代小説

齢四十を超えて初の我が子誕生を待ちわびる三左衛門に、空前の出水が襲いかかる!!　愛するおまつと腹の子を守り抜くことができるか。

坂岡真　照れ降れ長屋風聞帖【九】
雪見舟
長編時代小説

一本気な美剣士、天童虎之介と交誼を結んだ浅間三左衛門は会津藩の命運を左右する巨悪に共に立ち向かう。やがて涙の大一番を迎え――!

芝村涼也　長屋道場騒動記【八】
迷い熊笑う
長編時代小説〈書き下ろし〉

お君を巻き込む十河藩の訌争が決着を見せぬなか、三嶽藩が思わぬ策を弄してきた。窮地に追い込まれた生馬たちは――。シリーズ最終巻!

藤井邦夫　新・知らぬが半兵衛手控帖
古傷痕（ふるきず）
時代小説〈書き下ろし〉

顔に古傷のある男を捜す粋な形の年増女。湯島天神の奇縁氷人石に託したその想いとは!?　人気時代小説、シリーズ第十一弾。